帝尧神话传说

山西神话传说丛书

亢西民　毛巧晖／主编

高忠严◎编著

山西出版传媒集团　北岳文艺出版社
BEIYUE LITERATURE & ART PUBLISHING HOUSE
·太原·

图书在版编目（CIP）数据

帝尧神话传说 / 高忠严编著 . — 太原 : 北岳文艺出版社 , 2021.9

（山西神话传说丛书 / 亢西民 , 毛巧晖主编）

ISBN 978-7-5378-6446-6

Ⅰ . ①帝… Ⅱ . ①高… Ⅲ . ①神话—作品集—中国 Ⅳ . ① I277.5

中国版本图书馆 CIP 数据核字（2021）第 174758 号

帝尧神话传说

高忠严 / 编著

//

出品人
郭文礼

责任编辑
王国柱

助理编辑
金国安

封面摄影
程画梅

书籍设计
张永文

印装监制
郭勇

出版发行：山西出版传媒集团・北岳文艺出版社
地址：山西省太原市并州南路 57 号　邮编：030012
电话：0351-5628697
传真：0351-5628680
经销商：新华书店
印刷装订：山西人民印刷有限责任公司

开本：890mm × 1240mm　1/32
字数：100 千字
印张：4.5
版次：2021 年 9 月第 1 版
印次：2021 年 9 月山西第 1 次印刷
书号：ISBN 978-7-5378-6446-6
定价：35.00 元

《山西神话传说丛书》编委会

总序

山西地处华北黄土高原，东有太行，西有吕梁，南临黄河，北凭古长城，物阜民丰，人杰地灵，自古就有“表里山河”之谓。山西有文字记载的历史长达三千年之久，素有“中国古代文化博物馆”之称。位于晋陕豫黄河大拐弯腹地的晋南地区，更是土地肥沃，宜稼宜穑。据考古发掘证明，早在旧石器时代，就有先民在此繁衍生息。当前，在我国发现的两百多处旧石器时代早期遗址中，有五分之四是在山西。其中最早、最具代表性的是山西芮城西侯度遗址中发掘出的火烧骨化石，证实了早在一百八十万年前，在此繁衍生息的中华民族先祖已经燃起了人类文明的第一把圣火。在运城夏县西阴文化遗址中发现的蚕茧化石，证明早在六千年前的晋南一带人们已经开始养蚕缫丝；在临汾襄汾县陶寺村西南发掘出的四千多年前的古城遗址，被学者们认为是当时东方世界规模最大的城市，很有可能就是帝尧的都城。此外，这里还有传说中帝舜和大禹的都城[1]，尚待考古发掘的进一步证实和探究。有鉴于此，文化学者们把晋南称之为“古中国”，而以此为中心的黄河流域便是中华民族当之无愧的发祥地和中华文明的摇篮。

在山西这片沃土上，千百年来就流传着无数优美动人的神话故事和传说。如女娲补天、帝尧教民掘井取水、大禹治水、黄帝斩蚩尤、后稷教民稼穑、嫘祖教民养蚕缫丝等等。在中国神话学界有所谓“昆仑神话”“太行神话”[2]“蓬莱神话”“楚神话”之说，其主体是“昆仑神话”和“太行神话”；而山西，特别是晋南和晋东南一带，正是“太行神话”流传的中心地。在山西省域流传的神话传说中，尽管包含和杂糅有前述三种神话系列的神话传说，但其核心部分则是太行系列的神话传说。因此，从某种程度而言，山西流传的神话传说，即“太行神话”，亦即上古中国的神话传说。

基于对中华民族传统文化、故土文化的热爱，山西师范大学“黄河民俗文化研究所”和“黄河文化与教育研究中心”的师生们，对山西省域内流传的神话传说以及民俗文化进行了长期、系统、深入的调查与研究，写出大量的学位论文和学术论文，本丛书就是在这些研究成果的基础之上进一步整理、加工、提升、撰

---

① 晋代皇甫谧《帝王世纪》：“尧都平阳，舜都蒲坂，禹都安邑。”蒲坂，今山西永济古称；安邑，古代都邑名，位于今山西运城。

② 又称“中原神话”。

写而成的。

本丛书所辑录、整理和研究的神话传说，从主人公的出生地及故事流传地域几方面因素来考量，大致分为以下几种情形：一种是神话传说之主人公出生地在山西，故事原生地也多在山西，主要流传于山西某地或其他地区的神话传说，如帝尧①的神话传说、帝舜②的神话传说、后稷的故事、师旷的故事等等；一种是神话传说之主人公出生地在其他地区，但在山西留下大量活动的足迹，故事的原生地是山西，主要流传于山西或其他地区的神话传说，如黄帝的神话传说、大禹治水神话、姜嫄的故事等等；还有一种是神话传说之主人公出生于其他地区，故事的原生地也在其他地区，但在山西地区有着广泛流传的神话传说，如夸父逐日、仓颉造字等等。不管是何种情形，这些神话传说的共同特点是都有着积极的思想内涵。有的神话传说，如盘古开天辟地、共工怒触不周之山、女娲造人，所反映的是中华民族的先祖们尽管对当时所处的自然环境缺乏认识和了解，也无从对这些现象做出科学解释，但他们又渴望了解和把握这些现象，并且进一步做出化害为利、征服自然的积极可贵的尝试和努力；有的神话传说所反映的是先祖们在恶劣的

① 帝尧出生地，国内文化学术界除“山西临汾说”之外，尚有“河北保定说”“江苏金湖说”等。

② 帝舜出生地，除“山西永济说”外，国内文化学术界还有“山东诸冯说”“河南濮阳说”“湖南永州说”。在今山西省永济市及运城市域内有许多与帝舜活动有关的地名，可视作“山西永济说”的佐证。

自然环境下，直面种种艰难险阻、生存困境，所表现出的勇于斗争、不甘屈服妥协的坚强意志和抗争精神，如愚公移山、羿射九日、大禹治水；有的神话传说反映的是先祖们在民族部落时代，面对自然和社会的敌人，在战争中所体现的崇高英雄气概，以及在治国理政、处理种种人伦关系中所表现出的贤良美德，如尧舜禅让、杨家将故事与关公故事等等；有的神话传说则彰显的是先祖们长期以来同大自然与社会斗争的伟大发明创造，以及在其中所显现的聪明、才能、经验和智慧，如帝尧掘井取水、嫘祖教民养蚕缫丝、后稷教民稼穑、羲和制定天文历法等等。

在这些神话传说中，塑造出许多形象生动、性格鲜明的人物，如仁爱贤德治国为民的帝尧、三过家门而不入的治水英雄大禹、爱情真挚坚韧的牛郎织女、忠义仁勇的关公等等，这些形象已经深深镌刻在人们心中，成为一种深厚的民族文化积淀和鲜明的民族文化标志。同时，这些神话传说的艺术表现形式也非常优美，具有经久不衰的艺术魅力。如大禹治水的神话传说：大禹为根治水患，经年奋战，三过家门而不入，吸取父亲治水的教训，改堵为疏，而最终成功治水。故事情节曲折生动，十分感人。又如愚公移山的故事，把愚公与智叟进行对比，凸显出愚公朴实、坚毅的美好品质，故事富于哲理和教育意义。

这些神话传说具有浓郁的民族特色和地方文化特色。与古希腊以及其他西方国家民族的神话传说不同的是，这些神话传说的题材反映的多是先民在上古农耕生活中人与恶劣的自然环境之间，以及不同民族部落之间为争夺生存空间而进行的斗争生活；而作为航海民族和游牧民族神话传说中常见的航海冒险之类的英雄故事在山西神话传说中则十分罕见，由此而显现出上古时期我们先祖在黄河流域的生活状貌具有鲜明的农耕民族神话的特色。此外，这些神话传说中的英雄人物也与西方民族神话传说中的英雄人物不同，他们身上所彰显的不只是武艺高强、勇武善战、视死如归的个人品质和英雄风范，同时，还更多地展现出对民族（或民族部落）的集体责任感和家国情怀，以及为人处世方面的品质和贤德。后世中国文学中的英雄与西方文学中英雄的差异由此开启先河。

这些神话传说，是中华民族的先祖生活经历以及认识把握自我和周围世界的经验智慧的结晶，是人类思维最早绽放的文明智慧之花，可以被视作当时人们生活的“元科学”“元艺术”和“百科全书”。在千百年的流传过程中，人们把自己的生活体验、理想愿望、价值观念、审美理想凝聚其中，从而观照出中华民族成长繁衍的历史，其中深深地镌刻着中华民族的集体文化记忆，隐含着深厚的中华民族的种族基因，以及中华民族文化何以成为一种和合文化、伦理文化的深刻文化逻辑，从中我们可以找到解读中华民族文化符码的钥匙。

最后，需要我们特别说明的是，我们在搜集、研究、撰写山西神话传说与民间故事的过程中，广泛吸收和借鉴了国内许多专家和山西师范大学“黄河民俗文化研究所”师生们的研究成果；曾经受到来自山西师范大学、山西省文化科技相关政府机构以及北岳文艺出版社领导和编辑们方方面面的支持和关爱；山西师范大学文学院民俗学专业和比较文学与世界文学专业的研究生白宁、王静、卓琳、李欣静、闫慧芳、李娜、岳文凯、牛靖晶、李佳、王存弟、黄金龙、薛圆媛、杨海玉、崔楠等同学在前期做了大量的资料搜集和初步研究工作。在此，我们一并向他们表示真挚的感谢！因水平和能力所限，本丛书的不足和疏漏之处也在所难免，希望得到广大专家和读者的批评指正。

亢西民

2019 年 10 月于尧都平阳

目录

二 民俗与信仰

三 文献与古迹

四　文化内涵

导言

“日出而作，日入而息。凿井而饮，耕田而食。帝力于我何有哉！”耄耋老人游戏之余随口而出的《击壤歌》虽云“帝力于我何有哉”，但其所描绘的景象却在很大程度上反映了帝尧时期天下平和、百姓怡然的景况，令后人倾心仰慕、心驰神往……

传说，帝尧的母亲怀孕十四个月而生帝尧，尧以母姓“伊祁”为姓氏，名为放勋，由于刚开始被封于陶地，十五岁时又改封到唐地，故又被人称作“陶唐氏”或“唐尧”。帝尧统治时期，社会上民风淳朴，政治上协和万邦，农业上兴盛调和，百姓亦可安居乐业。说到帝尧传说的产生与发展，主要得益于两方面：其一，帝尧生活的上古时期物质水平尚不发达，为传说的产生与传播提供了有利条件；其二，在后世传播过程中，帝尧逐渐成为民间崇拜敬仰的圣王，并且因其不可撼动的圣王地位成为历代学者长期关注的对象，使得历史上不少史书、文献都有关于帝尧的记载。

千百年来，帝尧传说在中华大地上不断闪动着耀眼的光芒。可以说，没有上古帝尧时代的文化，就没有中国五千年悠久的文明，也就没有当今中华文化的郁勃兴盛。时代发展日新月异，但人们对于古老帝尧的研究不会也不能终止，帝尧文化所包含的深刻内涵仍需要我们不断探索，不断发现。

本书从帝尧传说故事、民俗信仰与民间信仰活动、文献与古迹、文化内涵四个方面入手，通过讲述帝尧一生的传说故事，阐释帝尧信仰的内容与多样的民俗活动，介绍分析相关的文献资料，解读典型的帝尧古迹景观以及独具魅力的帝尧文化内涵，为读者展现出更加鲜活、生动的上古圣王形象，与大家一同接受帝尧精神的洗礼陶染，触摸中华文化之源。

一

神话传说

近年来，全国各地根祖文化节的举办如火如荼，中华根祖文化也日益得到更加广泛的关注。其中，围绕三皇五帝之一的尧帝而兴起的帝尧文化更得到了各界人士的倾力眷注。

首先，学界对帝尧传说的研究所获颇丰，关于帝尧故里、帝尧生活中心及尧文化之源的问题讨论不断，整体来看，主要有以下几种观点：山西临汾、山西绛县、河北顺平、山东菏泽、江苏高邮、湖南攸县等，莫衷一是，各地相关传说亦不胜枚举。不过，一般认为，帝尧建都平阳（今山西临汾），而且今天临汾的尧都区和洪洞、翼城、浮山、襄汾、蒲县，运城的绛县、垣曲等晋南诸地都流传着大量的帝尧传说，保存着多样的民俗活动，分布着姑射山、伊村、康庄、尧寓村等帝尧遗迹，可见，晋南地区是帝尧传说的集中分布区。

其次，从古至今，百姓对帝尧的敬重与推崇从未停止过，围绕着帝尧生平、功绩、家事等展开的各类传说更是在民间广泛流传，有的传说甚至与当地的自然风物紧密联系，有的还演变为虔诚的习俗信仰，成为民众生活中不可或缺的精神资源。

那么，后世都有哪些关于帝尧的有趣传说呢？这些传说是如何诉说这位上古帝王千年不朽的精神呢？这些传说又是怎样反映帝尧时代的重要价值呢？让我们一起来聆听帝尧的传说故事吧！

（一）帝尧成长与家庭传说

神异降生

赤龙感生

上古时期生活着和乐的伊祁氏一家人，家中女儿名为庆都，嫁与当时的帝王喾，日子过得也算舒心，只是二人一直也不曾生育。后来的一段时间，庆都就一直住在自己娘家。这一年春天，恰逢微风和煦，阳光大好，伊祁氏一家人乘兴到河中泛舟，一路欢歌笑语，抛却所有烦恼。就这样，一家人说着笑着，不知不觉已到晌午，却不想霎时间天昏地暗，从远处卷来一阵狂风，庆都的父母、周围游玩的人都已经被这突如其来的阵势吓得面色苍白，顾不得游玩。唯独庆都并不感到害怕，反而仔细地盯着这狂风看，原来这狂风与众不同：

只见狂风中心隐隐闪现一片红色的云雾，而红色云雾中又翻滚着一条赤色的巨龙，这巨龙正神采奕奕地看向庆都，庆都也会心似的报以微笑。很快，风停云散，巨龙也不见踪影。三天之后，伊祁氏一家踏上返程的旅途，途中又与这一条赤色的巨龙相遇，只是这次不再伴着狂风与黑暗，反而是那巨龙跟着他们，并在三人头顶盘旋片刻才消失。

本以为这次旅途遇龙只是一次有趣的经历，令庆都没有想到的是，自己却深深地被这条巨龙吸引了，甚至在晚上休息时心里还惦记着它，直到进入梦乡还能看到那条红色巨龙的身影。梦中，庆都感觉到巨龙降临在自己身边，而且还送给自己一幅画像，蒙眬中看到那画像是一位满面红色、长着八字眉的长头发男子。醒来之后，庆都发现自己身边真的有一幅与梦中一般无二的画像，这画像更清晰，更庄重，庆都看得心里直欢喜，她赶忙收起这幅画像，同时，她竟神奇地怀孕了。一晃十多个月过去了，庆都还没有生产的征兆，直到梦赤龙后的十四个月，她才顺利产下一个长相与画像上面容一模一样的男婴，庆都为孩子起名为放勋，与自己母家同一姓氏。

帝喾得知自己的妃子庆都生产，想要来接她们母子二人，只是当时恰逢帝喾为母亲服丧期间，便将此事搁置下来，谁知，这一下就搁置了十多年，所以，小时候的放勋便一直跟随母亲在外祖家生活。

青龙化生

另有一类传说认为帝尧本身就是一条龙，是由青龙转化而成的。传说因为帝喾要到外征战，不便照顾已经有了身孕的妃子庆都，庆都便从帝喾处回到娘家。谁知，在娘家停留十四个月还没有生下孩子，村中的人都觉得庆都怀了个妖怪，一时间议论纷纷。而庆都在一天晚上梦到了一位和蔼可亲的娘娘，仔细一看，原来这是送子娘娘，梦里娘娘还告诉了庆都生产孩子的日子是农历的三月初三。到了那一天，庆都就要生产，这时候，天已经完全暗下来了，忽然，有一道闪电游弋在苍穹，空中惊雷也不失时机地轰隆作响，几乎是伴着闪电和雷声，一条浑身发光的青色大龙就从云端像箭一样飞出来，这龙周身云遮雾绕，上下翻腾，一直飞到庆都的身边才安静下来。后来，这龙一打滚就不见了踪影，而庆都即刻就生产了一个男孩，这就是后来的帝尧。

从上述传说中我们可以看到帝尧从一出生就充满了与众不同的神奇色彩，如：母亲是在与龙相遇后怀孕，甚至是梦中怀孕；孕期不是一般的十月而是十四个月；梦中画像与后来帝尧的长相一模一样，以及送子娘娘告知出生日期都表明了他的出生具有预言性质；出生时伴随着闪电、雷鸣等异常的天象；长相也非常奇特。这些都预示着帝尧的不平凡，为帝尧生平的伟大功绩做了铺垫。

巧遇鹿仙女

少年时的帝尧就显现出超人的智识和胆略，他与同伴一同游戏之时总是想出一些出人意料的妙计来解决困境，有时还会利用现有之物发明新的东西，让周围的人无不心服口服。就这样，度过了十几个春秋后，帝尧受父帝喾命令，被封在陶地。尧王爱护一方百姓，和百姓一起耕田劳作，又选贤举能，将陶地治理得很好。十五岁时，又被封于唐。尧统领陶、唐期间，为当地百姓做了不少好事，治理了洪水，又打败了怪兽，受到了百姓的爱戴与拥护。在统治陶唐为民除害期间，尧王也遇到了自己的心上人——鹿仙女。

传说，鹿仙女生活在姑射山中，因是鹿女所生，所以生来就颇有灵气，不仅皮肤白皙如冰似雪，面容姣好似月动人，而且身姿曼妙，体态纤细，动作轻盈，每次从她的洞府中出来都是漂浮在半空而行，脚上丝毫不沾一点灰尘。再加上鹿仙女心地淳朴善良，在姑射山一代常常能体察百姓疾苦，凡是遇到有危险的人她都会尽力施救。

相传，当时的姑射山中潜藏着一条巨大的黑龙，常常出来侵扰动物、扰乱百姓，当地民众都叫苦不迭，但却无计可施，只能抱着唯恐避之不及的心态一天天度日。鹿仙女知晓了这件事，决心为民除害，她一路探查，找到了黑龙的盘踞处——黑龙潭。眼前那潭水乌黑、浑浊，向下望去，仿佛深不见底，一阵寒风吹来，不禁让鹿仙女打了个寒噤，仿佛进入了寒冬时节。见此情形，鹿仙女心想：想必这黑龙定然在此地。这一会儿工夫，潭水里的黑龙也感觉到岸边有陌生人到来，便从水底搅起巨大的旋涡，一跃而起，只听“腾”的一声，黑龙已经在半空中盘旋了，一副凶神恶煞的模样死死盯着岸边的鹿仙女。鹿仙女根本没有一点儿恐惧，她眼疾手快，手指对着黑龙弹出一道亮光，直接击中了黑龙头部。那黑龙头部受了一击，一下子瘫下来，重重地摔在了地上，已经不能再动弹分毫，只是嘴里一直求饶声不断。鹿仙女听到黑龙的话，念在它有心悔过的份上，便决定不赶尽杀绝，便将黑龙收为坐骑,以便出行。渐渐地,周围百姓知道了鹿仙女降服黑龙的事情,一传十,十传百，整个姑射山都传颂着山中有位仙女守护着这一片土地的事情，就连在此地的尧王也久闻鹿仙女的美名，心中暗自期待能够早日与之相遇。

有一天，尧王到姑射山的牧马坡视察民情，在这里，他亲自和百姓交流生活生产的经验，询问百姓遇到的问题，谈到兴起时，大家向尧王讲起了前不久鹿仙女降服黑龙为民除害的事情。帝尧听过后，知道了世间还有这样救护苍生的人，也替民众感到高兴，同时心里更是对这位鹿仙女多了几分佩服。就在这时，天空祥云朵朵，彩霞飘飘，一个轻盈的身影从牧马坡上空飘过，尧王来不及多想，只是觉得被深深吸引，想要一探究竟，便三步并作两步紧紧追了上去。终于，这朵云降落在了一棵松树旁，从树后渐渐现出一位端庄美丽、眼角含笑的女子，尧王便有礼貌地走上前询问：“敢问可是鹿仙女？”女子轻轻点点头，微笑着表示承认。

尧王正看得有些发怔，这时突然从树上蹿下一条蟒蛇，吐着信子，眼看着就冲帝尧而来。鹿仙女又用手指点向蟒蛇头部，在危急关头将蟒蛇定住,救下了帝尧。她关切地问帝尧:“你怎么样？有没有伤到？不要害怕，这其实是黑虎精变化的。”确保尧王没有被伤到后，鹿仙女才仔细端详了眼前的这位男子，原来这就是为天下谋福的尧王。其实很早以前，鹿仙女也对尧王的功绩有所耳闻，心中也对尧王产生了钦慕之情。夜晚尧王便留宿在鹿仙女的仙洞中休息，二人在洞中谈话，互诉衷肠，结为夫妻。在这天晚上，山洞中的石柱子一下子增高不少，山峰最顶端也燃起了红彤彤的火焰，整个山洞都被一片赤色笼罩，看上去非常美丽壮观。当地的百姓也都被这美丽的景色吸引着，后来，人们效仿尧王和鹿仙女，每当成亲之时，就在家中燃起红色的蜡烛，映照出红红的光彩，同时把新婚的新房称为“洞房”，这充满诗意的称呼也一直流传到了今天。

二人婚后育有一子，名为丹朱。尧王和鹿仙女的生活本来应是甜蜜美满的，只是原来的黑虎精对鹿仙女怀恨在心，便趁机向天帝告发了她和尧王结婚的事情。天帝勃然大怒，下令把鹿仙女囚禁在仙洞沟里，惩罚她每天推磨并且不许再变化为人形。从此，鹿仙女被迫与尧王分离，儿子丹朱也交由尧王抚养。

传奇而动人的巧遇传说，仿佛令我们亲身感受到了帝尧与鹿仙女相遇、相识的幸福与浪漫。时至今日，我们仍然可以到仙洞沟去寻访二人成亲的洞府，在“华夏第一洞房”中，感祥和之气，赏洞中美景，祈美好姻缘。

尧王教子

传说尧王生有九个儿子，两个女儿，其中丹朱是年龄最大的孩子，他几乎是刚满月就与自己的亲生母亲骨肉分离，一直跟着尧王长大。但是尧王的主要精力都放在国家政事上，常常是一心处理天下大事，如思考治理洪水、缓解干旱、处理“十日并出”、改进农耕渔猎技术等。这样一来，丹朱小小年纪就疏于教养，没有养成良好的品德和性格：他一身贵族子弟的习气，脾气很大，动不动就与自己的弟弟们吵架打闹；做事情冒失粗鲁，从来只按着自己的心意来，谁的话都听不进去，尤其是对尧王所吩咐的事情，总是特意反着来；平日里没事的时候丹朱就耽溺于享乐，追求享受，对民众的事情从不关心。

尧王日渐年老，他注意到自己的大儿子丹朱变得沉迷玩乐，不思进取，而且脾性还十分暴虐，丹朱的所作所为与自己一点也不像，这样下去，以后怎么能担当重任呢？尧王越想心里越不是滋味。他决心要好好教育丹朱，让其改邪归正，成长为一个心地善良、为民着想的人。

刚开始，尧王亲自给丹朱讲为人处世的道理，想让丹朱有所悔过后反省自身。没想到，丹朱对尧王的话听都没听，反而变本加厉地与尧王作对，丝毫没有流露出半点悔意。尧王坚持不懈，继续寻找能够教导丹朱的方法，他起行坐卧都会留意能够派上用场的方法。终于有一天，尧王发明了一种游戏——围棋。这围棋棋盘为方，棋子为圆，一方一圆，一静一动，棋盘格纵横交错，棋子一黑一白又暗合阴阳之意，每一次落子都会牵动整个局势，细细体味，更会发觉其有无穷的奥秘。尧王心想：这围棋游戏需要耐心、思考和智力，还能启发人的智慧，如果教丹朱学会的话，有可能会对改善丹朱的坏脾气有好处。于是，尧王亲自带着丹朱到一块儿高地，寻找到一块儿平整的石板，画好棋盘，拿出棋子，尧王持白棋，丹朱持黑棋，两人轮流落子，时而低头沉思，时而仰面浮想，不知不觉已经到了晚上。从这以后，丹朱对围棋产生了浓厚的兴趣，常常对着棋盘，手拿棋子，研究围棋策略。尧王见此，倍觉欣慰，他在心底暗自对自己说：儿子总算有所好转，如果这围棋能够锤炼他的性格，磨炼他的意志，开启他的智慧，那我真是没有白费苦心啊！可惜的是，好景不长，丹朱身旁总是有人怂恿他去享受玩乐，撺掇丹朱外出游玩赏景，这么一折腾，原本已经有所改变的丹朱又恢复了往日的习气，还是到处胡作非为。尧王不禁痛心不已。

后来的几十年，尧王对丹朱的脾气秉性很失望。老年的帝尧来到山西涝河一带时发现涝河风景秀丽，山水齐具，是块难得的风水宝地，尤其涝河南岸地理位置极佳，土肥水美，是理想的安葬之处。尧王希望丹朱能够帮助自己完成心愿，于是把丹朱叫到身边，亲切地问他最近有什么长进，并且十分诚恳地叮嘱丹朱自己死后的埋葬地。这时，尧王想到平时丹朱总是与自己作对，往往是他说东丹朱偏往西，那么尧王就特意把埋葬地说在了涝河北岸。他心想：到时候儿子一定会违背自己的意思，反而会把自己葬在涝河南岸的。丹朱看着年老的父亲，脑海中回想起自己之前做的种种事情，觉得自己做得非常不对，看着即将离开自己的父亲，他下定决心要悔过自新。于是，在尧王去世后，丹朱就严格按照尧王的叮嘱，把尧王葬到了涝河北岸……

一代帝王教子的故事中，丹朱的玩世不恭、不明事理，帝尧的殷殷期盼、用心良苦，不禁令人们唏嘘不已。同时上述尧王教子的传说中也含有深刻的教育意义：它用帝王的日常生活故事教育人们，千万不可像丹朱一样顽固不化，悔过自新时却已为时已晚。

迁居

尧王原先住在尧都平阳，后来来到洪洞地区的周府村一带视察民情，恰逢当地一只小羊羔出生，传说这小羊出生的地方很奇特，周边什么也不长，但那一片地下雨淋不湿，下雪也覆盖不上雪。小羊一出生就撒欢似的跑起来，只见这小羊头上只长了一只角，见到心怀不轨的人就用自己的独角去顶。若是那人还不承认，小羊便一直把那人顶死。人们把这消息报告给尧王，尧王亲自视察后也觉得非常神奇，给小羊起了个名字叫“羊獬”。并且把神羊送给了当时掌管司法的官员皋陶，帮助皋陶辨别被审之人是否有罪。

俗话说，无巧不成书。就在这神奇小羊出生的第二天，尧王的妻子恰好也生了一个婴儿，这孩子是个女孩，得名为女英。她从小就非常特别，聪慧机智过于常人。相传，女英生出来几天就能像大人一样行走坐卧，与人交往也大方得体，合乎礼仪。尧王一见，满心欢喜，便觉得这周府村是个人杰地灵的好地方，于是就把周府村名字改为羊獬村，决定全家都迁居到这里。

就这样，千百年来，洪洞羊獬人都把自己看作是帝尧的后代，亲切地唤帝尧“爷爷”。同样，帝尧的两个女儿娥皇、女英心地善良，常常为百姓做好事。遇到有危险的情况就及时去救，遇到有困难的人就尽力去帮。她们为民考虑，扶危济困，被当地民众深深敬仰感激，所以，羊獬人按照人类亲戚的辈分，恭敬地把帝尧二女娥皇、女英唤作“姑姑”。

嫁女难题

不知不觉几年过去了，娥皇、女英已经长大，到了该许配婚嫁的年纪。大女儿娥皇老实、贤惠，小女儿女英机敏、伶俐，哪一个都是帝尧心头的宝。终于，帝尧在接受了群臣的推荐，又经过了慎重考虑之后，决定把两个女儿都嫁给大舜，以此考察大舜的品行道德和解决事情的能力。两个女儿也对这许配没有异议，准备着婚嫁事宜。

可是，有一个问题难住了众人。因为相传娥皇并非帝尧亲生的女儿，尧王的妻子知道她们二人都要嫁给大舜，就担心自己亲生的女英受委屈，就向尧王建议说：“这两个女儿，在名分地位上总要有所分别吧。不然家中的大小事务谁说了算？”尧王想了想自己的两个女儿都有长处，难分伯仲，大女儿娥皇忠厚善良，品行端庄，小女儿机智聪明，总是能够想出好办法，觉得其实不用分大小也可以把事物处理得井井有条。但是帝尧的妻子坚持要在地位上有所分别，帝尧见此，只好想出一个办法来让主张分大小的人心服口服。

帝尧想到了用出难题的办法考验两个女儿处理事务的本领，对大家宣布了谁处理得好就由谁来作大的决定。接着，帝尧把两个女儿聚在一起，出了第一个题：用五斤柴火，煮二十颗豆子，先煮熟饭的人作大的。听罢要求，两个女儿忙碌开了，只见娥皇往锅里倒进很少的水，将那柴火一根一根地往灶里添，用小火慢炖，那锅眼看就咕嘟嘟冒起了热气，不一会儿豆子就快要熟了；再看小女儿女英呢，女英似乎并不懂煮饭的门道，采用了大火快煮的方法，她将五斤柴火一股脑全点燃，又往锅里加了整整一大锅水，眼见柴火就要烧完了，那锅却跟睡着了一样，一点儿反应都没有。可是，再急也没有用啊，女英平时手不碰锅，而娥皇却常常煮饭，这不，娥皇的锅已经开了，饭熟了，这一次，定下娥皇为大。

可是，帝尧的妻子还是不甘心，她要帝尧再出难题，想要难住娥皇，让自己的亲生女儿女英当上大妻子。帝尧无奈只好再出一题，这次是考两个人做针线活的本领。帝尧给了两个女儿一人一双布鞋底和两根绳子，看谁先纳好一双鞋底谁就胜利，就可以作大了。娥皇和女英接过鞋底和长绳后就开始行动起来。女英上一局落了下风，这一局她想赶紧扳回一局，于是非常快速地把线穿好，开始纳鞋底。娥皇并不着急做这些，而是先用剪刀把这长绳子剪成若干个小段后才穿针线纳鞋底。结果不言自明，娥皇再一次胜利，因为啊，女英手里的长绳子早已搅在一起，缠得像刚出锅的麻花一样——解不开了。

尧王的妻子心疼女英，就央求帝尧再出一题："再给女英一个机会吧，相信女英一定可以胜利，这次无论是什么结果，我们都按那个结果来，绝对不再反悔了。"帝尧见状，只好又想了想，就出题说："那么就比试最后一次，这次咱们比行路的速度吧。这里有一头骡子和一驾马车，你们两人分别选一种乘坐，看最后是谁先到了河西历山的大舜家，那个人就作大的，好不好？"母女三人一听都觉得挺合理，只是两个女儿左右打量着这骡子和马车，心中都犹豫不决，不知道到底哪个跑得快些。怎么选择呢？尧王的妻子计上心头，她心想骡子是单个儿的，可以一路绕小路过去，那就比大路少走很多路程，一定可以第一个到达。于是便悄悄把这个主意告诉了女英，女英立即决定选骡子，就这样，姐妹二人分乘马车和骡子出发了。果然，一路上，女英的骡子四蹄翻飞，直向前去，把娥皇的马车落下了一大截。眼看着女英就要到了，恰巧，这时候骡子到了产驹的时刻，没法继续赶路了，这一下子就耽误了很久。就在女英急得团团转，正生气地责骂骡子以后不能生产的时候，娥皇的马车赶到了。娥皇一向对妹妹友爱有加，看到这情况，不由分说就邀请妹妹和自己共同乘坐一辆马车，两人同时到了历山舜的住处。女英被娥皇宽容的态度感动了，从此姐妹二人齐心协力，不仅共同帮助大舜处理家庭事务，还常常为大舜遇到的棘手之事出谋划策哩。

帝尧嫁女的传说虽然以二女争大小为主要内容，但也刻画了帝尧生活中亲切和蔼的一面，如持家公正，办事有法等。而且传说中体现的二女贤惠、能干，以及齐心协力共同主持家事等品质，也寄托着普通民众对家庭中女性美好品德的期待之情。

（二）帝尧功绩传说

帝尧的圣大功绩构成了帝尧传说的主体内容，帝尧功绩传说又主要围绕帝尧的政治生活展开，帝尧在政治上表现出强烈的“以天下为己任”的崇高责任感，其功绩传说主要表现在以下几个方面：

其一，统一了华夏各部落，成为公认的部落联盟首领；其二，治理了洪水、干旱等自然灾害；其三，在位期间关心民生疾苦，常到民间视察民情；其四，建立了初步的民主政治；其五，任人唯贤，政风清明；其六，首创禅让制，树立了天下为公的标杆，开创了“公天下”的先河；其七，创制历法让农民耕种有时可循，极大地推进了农业生产；最后，还体现在帝尧高尚的执政品格上，纵然他一度得到人们的认可和赞美，常常有百姓或仙人献宝物，但帝尧都想方设法拒绝，这也从侧面反映出帝尧受人们爱戴之深。

帝尧降服黑龙

相传，帝尧建都平阳之初，正是天下各部落不安稳的时候。这些部落纷纷发动叛乱，很多残暴的猛兽也趁机出来兴风作浪。有一天，帝尧在山间行走，突然听到一阵急促的救命声，他循着声音看到一只凶猛的黑龙正在追赶一只受惊的小鹿。眼看受惊的小鹿就要成为黑龙口中的食物了，这时，帝尧现出龙形，扑向那只黑龙，与其纠缠起来。二龙棋逢对手，不分伯仲。这时，帝尧从口中喷出一股锋利的水柱刺向黑龙，黑龙被击中，疼得落荒而逃。小鹿获救，对帝尧很是感激。帝尧跟着小鹿来到一座山里后，却不见了小鹿的踪影，只看见一位肌肤洁白、容貌动人的仙女。原来，小鹿是仙洞中的鹿仙女所变，看到帝尧走来，竟渐渐羞涩起来，藏身于一棵松树之后，露出甜甜的笑容。帝尧被仙女的灵气所吸引，朝着仙女飘飞的方向追去，谁知一转眼，仙女就不见了踪影。

这时，帝尧听到山洞里传来救命的声音。原来，那大黑龙并未走远，而是躲在暗处等待时机。这健壮的大黑龙本是天上的神兵，因为贪恋女色被玉帝贬到凡间，落入乌龙潭化为一条黑龙。它虽身在乌龙潭，但却得知了附近山中的一只小鹿是由美丽的仙女变化而成，便一心做着将其据为己有的美梦，所以才有了之前小鹿被追逐的惊险一幕。帝尧循着声音追到洞中，见黑龙正要对鹿仙女下手，帝尧大喝一声，猛地将黑龙扑倒在地。黑龙却越战越勇，反身将帝尧的脖子死死掐住，帝尧正无计可施时，鹿仙女一把拽住了黑龙的尾巴。尾巴是黑龙最弱的地方，只要被拽住，就只能回到水里。黑龙被拽得生疼，大叫着飞也似的逃走，钻进了乌龙潭里。鹿仙女给昏死过去的帝尧喂了水，帝尧渐渐苏醒过来。鹿仙女连连答谢帝尧的救命之恩，帝尧却说："没能替百姓除掉这一恶兽，是我的过错，我一定要击败大黑龙，为民除害。"

黑龙躲进乌龙潭后，心生怨恨，于是在水中翻腾，刹那间就卷起千丈高的水柱，将下游地带的农田淹没、冲毁，百姓顿时陷入了严重的灾情之中。百姓都请求黑龙给大家留条活路，不要毁坏庄稼，黑龙便趁机打起了藏在心中已久的如意算盘，要求人们去跟帝尧诉苦，迫使帝尧同意把鹿仙女送给自己做妻子，到时候自己一高兴就不出来扰乱人们的生活了。

人们听了黑龙的话，都来到帝尧面前，请求把鹿仙女送给黑龙做妻子。帝尧听后，对大家说："我们不能靠牺牲一个女子来解决问题，请各位放心，我一定想出办法制服黑龙，给大家一个安定的生活。"帝尧做出承诺，便只身前往乌龙潭向黑龙发起挑战。只见帝尧再次变化为龙形，一头钻进漆黑的乌龙潭中，与黑龙在水中再次交手。百姓和鹿仙女就在岸上密切地关注着情况：人们看到乌龙潭的水瞬间涌起波涛，一会向左翻滚，一会向右翻腾，时而变赤，时而又变浑浊。在场的每个人谁也不能确定帝尧能否战胜凶恶的大黑龙，他们不禁都为帝尧捏了一把汗。不一会儿，帝尧伤痕累累地从水中钻了出来。人们一拥而上，焦急地询问战况，帝尧跟人们说："大家别急，刚刚我和大黑龙打了平手，要想真正除掉他，还得另想法子。"

鹿仙女看到情况对帝尧不利，忽然想到了一个人，她说："如今除掉黑龙就只有一个办法了，后羿有一张赤弓，我有一支白色的箭，用它射杀黑龙定能将其制服。只是只有一支箭，必须一箭命中，否则便前功尽弃了。"帝尧听后觉得这个办法虽然冒险，但是仍值得一试，便坚定地对大家说："我有信心，等我借来赤弓便射杀黑龙。"第二天,帝尧带着赤弓和白箭再次来到了乌龙潭，深不见底的潭中波涛汹涌，帝尧运足气力，拉弓射箭，朝着水中最汹涌的地方射去，一箭便刺穿了黑龙的颈部。黑龙中箭，疼得上下翻滚，本想靠自己的力气甩掉这支箭，没想到这箭就像活了一样，反而越变越粗，不一会儿，黑龙就死在了乌龙潭中。帝尧替人们除掉了黑龙猛兽，附近的百姓又过上了安定的生活。

帝尧征三苗

帝尧的大儿子丹朱因为生性倔强又乖张，被认为不是帝王的合适人选。可是在帝尧决定将自己的帝位禅让给大舜之后，丹朱却认为自己的父亲太糊涂了，宁愿把帝位拱手他人也不愿留给自己家里的亲人。

其实，帝尧早有预料自己的儿子丹朱会强烈反对这一决定。于是为了防止丹朱造反祸及百姓，他提前下令将丹朱发配到南方一个名为丹水的地方，并且严格要求没有自己的允许绝对不能私自回来。丹朱被发配到丹水之后越想越气，想找自己的父亲说个清楚，但是又不能独自回去，正在一筹莫展之际，他想起了自己的远亲——三苗。相传，三苗是南方的一个部落首领。三苗本来就对大舜即位十分不满，丹朱这么一说，三苗起兵叛乱的念头瞬间被点燃。于是，他和丹朱二人联手起兵，想要逼帝尧放弃传位于大舜的念头。

人算不如天算，还没等到三苗部落动兵，帝尧这一边早已把部署好的军队调来攻打朱苗联军。丹朱和三苗没想到尧的军队来得如此之快，节节败退，即便让手下的士兵都脚涂丹鱼血，在水面快速行走，也还是没能挽回失败的结局。三苗被帝尧活捉就地正法，丹朱也因无颜面见父亲而自投南海。从此，天下归心，再也没有人提天下易主的事情了。

铲除“六害”

所谓“六害”，是指上古帝尧时期六种凶猛的野兽，它们长相奇特、性情凶残，力气很大，经常要吃人。如窫窳的特点就是跑得非常快，一张嘴就发出像小孩儿哭的声音，令人毛骨悚然；大风最大的特点是擅长飞行，但是它飞的时候掀起的大风极具杀伤力，周边的房屋、田地都会被一扫而光；九婴让人害怕的地方是它有九个脑袋，而且个个都会活动；修蛇连体格庞大的大象都能一口吞下，更是让人们避之不及；还有封狶和凿齿都有尖尖的牙齿，让人们闻风丧胆。它们常常出来活动侵扰人们的生活，人们对这六害敢怒而不敢言。

帝尧知道了六害的残暴行径后，立即任命力大无穷的后羿去铲除这六害，以便人们能过上安心的生活。后羿接到除害的命令，便日夜不停地与这些猛兽打斗。他发挥自己无穷的力量，用箭射死了窫窳和大风，用刀砍断了修蛇，还在野外打死了九婴和凿齿，在桑树林中生擒了封狶，至此，六害皆被铲除，人民得以安居，帝尧非常欣慰，后羿也被民间奉为神人。

铲除女妖

帝尧统治时期，正是上古洪荒时期。那个时候，洪水肆虐，郭行一带（位于山西临汾城东北三十五里）时常是一片汪洋，并且洪水不仅困扰百姓的正常生活，还极大地威胁着百姓的生存。帝尧知道后，带领群臣挖渠排洪，在郭行一带挖了一条深深的渠道，疏导了洪水，百姓生活安定了下来。帝尧挖的这条渠道，就是后来的涝河。可是，好景不长，洪水止住了，郭行一带又来了一个女妖。这个女妖颇有几分法力，携飞沙走石而来，来时惊动天地，山崩地裂，走时又大雨倾盆，涝河水顿时激增，常常冲垮百姓的土地和房屋。后来，女妖又吸干了涝河的水，大地龟裂，人畜饥渴。百姓顿时又身处水深火热之中，苦不堪言，只好又请来了帝尧。

帝尧带领众士兵来到妖怪兴风作浪之地后便去向女妖住处。正行走之间，只见天色突变，飞沙走石扑面而来，原来是女妖突现挡住了大家的去路。帝尧毫无惧色，下了马，将马在一块石头上拴好，上前去和女妖谈话，态度谦和客气："这位就是妖姑吧？你为何要残害我的臣民？"女妖一听便哈哈大笑，放声喊道："人人都只称我是妖怪，帝尧你却叫我妖姑，既然你有礼，我也不能无义，念你一路车马劳顿，今日暂且放过你们，三日之后，等你们稍作调整，再来和我一决高下！"说完便化作一缕青烟消失不见了。在女妖离开的三天期间，当地的河水渐渐上涨到往常的水位，庄稼又恢复了生机，人们之前安乐的生活又回来了。眼看三天期限就要到了，帝尧的大军却被滔滔的涝河水挡住了去路。帝尧想在河上建一座石桥，但三天时间未必能完成，方得没日没夜地修建才勉强可以建成。可是，白天还好，到了夜里，四周漆黑一片，根本无法修建桥梁。帝尧想，怎么才能让这里在黑夜也能亮如白昼呢？他的心事引起了妻子的关注。

一天，刚过傍晚，天色开始转暗，正当大伙发愁没有亮光干活的时候，天空突然飘来一块五色云彩，把天空照得大亮。原来，帝尧的妻子是鹿中之仙，人称鹿仙女，她有一件神奇的五彩霞帔，抛向天空就如同一片五色云彩能为大家照明。

有了妻子的帮助，石桥很快修好了，而鹿仙女却因为失去了宝衣而现了原型，化作一只石鹿，站在了桥对岸的山上，望着石桥的方向，至今还站在那里。三天转瞬即逝，到了约定日期，女妖便驾着狂风呼啸而来，看到河上架起一座石桥便大怒，化作一缕青烟钻进涝河水，河水顿时波涛汹涌，一浪高过一浪，眼看着石桥就要被大水摧毁了。这时，天空划过一道闪电，一条巨龙出现在天空，一头钻进涝河，在水里不停翻滚，绕着石桥来回翻腾，说也奇怪，涝河水顿时风平浪静，而石桥也随着水面的升而升，随着水面的降而降。女妖见这巨龙神力巨大，自己一时奈何他不得，再战下去自己必然也不会有什么好结果，羞愧自尽了。

尧都村的传说——帝尧平乱

相传盘古开天辟地之后，把临汾城西的姑射山分给了帝喾治理。帝喾有一个十分聪明的儿子尧，从小跟着父亲打猎征战，能文能武，是个可用之才，于是，帝喾在自己年迈之时，就将姑射山交给了自己的儿子尧来治理。

尧接管了姑射山之后，建都平阳，精明能干又体恤百姓，受到了大家的拥戴。这一天，帝尧正骑着自己的黄骠宝马走在路上，突然，天象突变，东南方向电闪雷鸣，并被一阵浓云黑雾笼罩，大家都议论纷纷，说那里一定是有大灾难。帝尧听后，决定亲自去那里瞧一瞧。他朝着东南方向一路策马飞奔，走了几天几夜后，他的黄骠宝马突然在一条河前停了下来，并不断用马蹄在地上刨，又向天空长啸。要知道，这匹黄骠宝马是天帝赐给帝尧的宝马，哪里有灾难，它就会把帝尧带到哪里，让帝尧来替大家消灾解难。

当地的百姓知道帝尧来到了这里，都纷纷前来拜谒。大家告诉帝尧，这里经常受到外来部落的侵扰，当地百姓深受其害。当地一位上了年纪的老人告诉帝尧，这里有八沟一河，地形复杂，犹如九条巨龙汇集在一起，是一块极其难得的风水宝地。希望帝尧可以留在这里建都立业，造福一方百姓。帝尧见大家如此信任自己，于是就留在这里修建都城，治理百姓。黄骠宝马也对天长啸，似乎很认同这样的做法。

帝尧在这里一住就是好多年，不仅替百姓抵御了外族的侵扰，还将这个地方治理得太平安康，受到当地民众高度的敬重和爱戴。尧的父王帝喾把这里封给帝尧，后来，这里的百姓把八沟一河的九龙宝地叫作“尧都村”。现在，那里还有一块石碑，写着“帝尧之都”四个大字。

“诽谤木”“敢谏鼓”的由来

帝尧即位后，善用人才，将龙任命为纳言之官。一方面要他负责将帝尧的命令和决策传达给老百姓，另一方面，又要负责将老百姓的意见和建议收集起来向帝尧反映。龙对自己的工作认真负责，能将帝尧的决策及时地传达给各地的老百姓，可是，他在收集百姓意见的时候却遇到了难题。

原来，要收集意见可不是那么容易。龙每次到民间探访，总要带着许多官员一起同百姓交流，这些官员之中，不乏混账恶流，只要百姓稍有意见，他们就命令手下对其打击报复，百姓心中惶恐，道路以目，更不敢提对上层的意见了。龙将这一情况反映给了帝尧，为了让百姓对统治者更加信任和放心，帝尧下令处置了那些不称职的官员。这一举动果然受到了百姓的拥护，各种意见和建议也就蜂拥而至，这样一来，龙又遇到了新的问题。由于提意见的百姓太多，龙走到哪里，就有百姓跟到哪里，大大降低了工作效率，也不能将每户的百姓都顾及。

帝尧知道后，命龙在东南西北各个城门和主要的街道竖起醒目的木柱子，命名为“诽谤木”，是专门供百姓说心里话的地方。并派专人记录和整理，或者是人们敲击这木柱子，帝尧听到了声音就从宫殿里走出来，闻听百姓的意见。另有传说，帝尧还专门设置了让百姓敲击的“敢谏鼓”，百姓有建议就到这里敲鼓进谏，帝尧都会一一细听，仔细考虑。这样一来，龙的工作效率大大提高，百姓的许多意见都得到了回应，许多切身问题都得到了合理的解决，政治、民生形势大好，百姓也对帝尧更加钦佩、信任和敬重……渐渐地，“诽谤木”演变为今天的华表，与“敢谏鼓”一起诉说着帝王从善如流、善于纳谏的品质。

帝尧访贤

相传，上古时期帝尧勤政爱民，每日天不亮就起床处理国事，到日落时分才回家休息，是百姓爱戴的好君王。时光如矢，帝尧渐渐变老，王位的传承成了他心中的大问题。虽然帝尧有九个儿子，但除了长子丹朱都尚年幼，而丹朱的所作所为让帝尧十分寒心。传说丹朱喜好游玩，尤其喜欢乘舟出行，在以前天下洪水泛滥，帝尧治水之时，他却乘舟在大水中游玩。后来，帝尧将大水都治理好了，没有那么多地方有水了，丹朱找不到可以划船的河水，就命令老百姓用绳子拉着船在陆地上行走。帝尧知道后，对其失望透顶，决定离开平阳城，寻访更加合适的王位人选。

首先，帝尧听取了大臣们的建议，确定了贤人许由是帝位继承者的不二人选。于是帝尧出发去颍水河畔拜访许由，果不其然，许由正在这里。帝尧恭敬地对许由说明了自己想要把天下禅让给他的来意。许由听清楚了帝尧的来意后，觉得自己还是愿意做个山中贤人，并不想进入庙堂，于是拒绝了帝尧。帝尧心想，许由只是拒绝了帝位，那么请他出山做个州长是不是可以呢？于是又跟许由讲了自己的这个想法。许由一听，更加觉得不堪入耳，于是赶紧用颍水洗自己的耳朵，好让这些话语赶快消失。这时候，河的下游有一位先生在饮牛，看见许由这样用河水洗耳朵，非常不理解，就问他："您为什么要在河边洗耳朵呢？"许由将帝尧请他继承帝位和做州长的事情原原本本地讲给了这人听。这人一听，立刻牵着牛往颍水上游走去。许由也对这人的行为颇有不解，疑惑之余只听这人感慨："帝尧的话语弄脏了你的耳朵，那你的耳朵又把河水弄脏了，我怎么能继续饮牛呢？"原来，这人常年在树上居住，名叫巢父，也是天下的清高之士。

帝尧第一次访贤无功而返，在朝中继续征求大臣们的建议，期待早日能找到适合掌管天下的贤才。这一天，有人推荐了一个名叫蒲伊的人，说这人博闻广识，对世间万物都了解得很透彻，相信会是一位好君王。帝尧听后连连称善，又开始了第二次访贤的历程。这一次，帝尧来到了一个叫作石门山的地方，他看到蒲伊正在给人们讲治理国家的方法，帝尧边听边连连点头，对蒲伊的想法非常认同。只是当帝尧亲自见了蒲伊后，才发现蒲伊的年龄比自己还大，实在不是继承帝位的最佳人选。于是帝尧谦虚地拜别蒲伊后，再次回朝与众臣商议。

第三次，百官忽然想起了一个年轻的农夫，名字叫大舜。听说他在家对父母兄弟施以孝道感化，在外对村民施以德行感染，在他身边常常聚集很多人，而且这些人都能被他影响而一心向善。百官听说大舜还擅长农耕和制陶，帮助百姓过上了好一点的生活，于是都觉得大舜有治理国家的才能。帝尧仍旧亲自前往历山考察。这一天，帝尧来到历山前，也就是舜南，隐约中望见一个农夫模样的青年正在驾驭一头黑牛和一头黄牛认真耕地。他手持鞭子，不时敲打置于两牛之间的簸箕，而且所耕之处平如镜面。帝尧不禁惊叹，又用手试了试所耕之处土地的深浅，竟然无不等之处。帝尧走近询问农夫耕地的要领，农夫解释说："黄牛黑牛每日为我努力耕田，我可不能再打它。如果我打一头牛，它定会向前猛跑，而另一头牛还是缓慢前进，岂不是乱套了？我鞭打簸箕，黄牛以为我打黑牛，黑牛以为我打黄牛，然后都卖力拉犁了。"帝尧听完心想，此人如此爱护牛，又有许多不错的想法，如果让他来当君王，天下的百姓一定心悦诚服。帝尧还通过嫁女、教导九子、山林难题等方法考察了大舜，令大舜到平阳都城辅政，在确定大舜的德行和能力都能够胜任一国之君后，正式将帝位禅让给大舜。

洪洞地区关于帝尧访贤的传说细节更加丰富。相传，帝尧在年老时决定寻访贤人继位，他从人们口中得知贤人巢父的踪迹，便赶快带领人马到洪洞去拜访巢父。还没到巢父跟前，帝尧在远处就看见了一棵大树，大树下拴着一头黄牛，不见巢父身影，走近了才发现巢父正悠然地躺在大树枝丫上。帝尧并没有一开始就讲明来意，只是简单地与巢父讨论天下的事情，而巢父仿佛早就有发觉似的，不等帝尧把"让天下"的话说出，就悠悠然从树上下来，牵着黄牛扬长而去。

帝尧一次访贤无果，内心不免沮丧无力，不过他又转念一想，既然巢父无意于天下，那么这天下这么大，何愁找不到贤人掌管呢？就这样过了几天，帝尧想到了天下贤人许由，便又前往洪洞去寻访许由。此时的许由正在颍水之南耕田种地，帝尧亲切地跟许由诉说自己对贤才的渴慕之情，许由却仿佛受了极大的折辱，非常决然地拒绝了。帝尧离开后，许由还越想越觉得不舒服，索性到外面走一走，走着走着，看到了清清的河水，便掬起河水清洗自己的耳朵，想要把刚才听到的那些都洗去。

帝尧这一次又是无功而返，他心里忧郁极了，既担心天下无贤人统领，又担心百姓此后的日子可怎么办呢？强烈的责任感促使帝尧再一次鼓起勇气去找许由。因为帝尧心想，让给他天下他不愿意受，那么以他的才干品德，如果愿意做九州长，那么对百姓也是有好处的。就这样，帝尧再一次踏上了访贤之路，此次许由见帝尧意志坚决，就把帝尧从田间请到了自己的住处，而自己找了借口偷偷离开，只留帝尧默默等待。等到帝尧明白过来之后，才快快离去。人们知道了帝尧为了百姓多次不辞辛苦，亲自访贤，纷纷赞扬帝尧以天下为公、无私禅让的美德。

创制历法

上古时期，百姓都靠耕种生活，土地成了人们生活的重要来源。那时候，人们还不懂得天时、节气的变化，种在地里的庄稼都靠自然生长，人们不知道庄稼生长和时令变化的规律，所以常常辛苦耕种后还是一无所获。帝尧建都平阳之后，想要通过了解时令的变化规律来帮助百姓更好地种田。他想，日月星辰的运行自有其定律，只要了解了这些定律，就可以通过时令节气的转换周期来帮助农耕。于是，他派羲氏的羲仲、羲叔，和氏的和仲、和叔分别前往东南西北四个方向去观察天象和时令的变化。羲仲在东方的旸谷观察日出的时间和变化规律，羲叔在南边的南交观察太阳自北向南的变化规律，和仲在西边的昧谷勘测每天日落的时刻和周期变化，还有和叔在北边的幽都测量太阳从南向北的移动。就这样日复一日，这四人在各自的分配地区观测了一年，每天对日影的变化以及太阳的东升西落进行记录和测量，又对鸟兽的生长规律和习性做了详细的调查，等到将这些情况全部观察掌握之后，他们就回到平阳城向帝尧复命。

四人将自己观察到的情况向帝尧做了汇报，这些情况和帝尧在观象台观测到的情况相吻合。于是，帝尧和众大臣一起将这些资料汇总完善，最后确定了一年的春夏秋冬四季以及年月的天数，又制定出闰月来调整四季的偏差。帝尧告诉百姓："在草木萌发，天气由寒变暖时，开始耕种，这是春天，昼夜长短一致的那天为春分；在天气最热时，庄稼生长较快，这是夏天，白昼最长一日为夏至；天气转凉，草木渐枯时，庄稼开始收获，这是秋天，昼夜长短一致那天为秋分；在大地冰冻，天气极寒之时，百姓储存粮食，等待来年播种，这是冬天，昼最短夜最长的那一天为冬至。"就这样，基本的历法被帝尧制定出来了，人们的耕种时序有了参考。

帝尧拒礼

帝尧不仅为民着想，还严于律己，尤其是每次为民除害后，百姓为了表达对帝尧的感激和谢意，常常会送来很多珍贵的财物。帝尧理解百姓的心情，他每次都坚决不收礼物，因此反映帝尧高尚品格的几次拒礼传说也成了人人称颂的故事。

相传，有一次帝尧正在宫中考虑事情，一位男子怀里抱着一只鸡来拜见帝尧。不待帝尧询问，此人便将来意一一说明。原来这男子是替自己的老父亲来送礼的，为了感谢帝尧让他们过上了安定的生活，所以想把这只浑身红色羽毛、能准确报晓的鸡送给帝尧，希望帝尧不要拒绝。帝尧对此人的话语非常感动，但是他还是坚持自己的原则，于是百般劝说请农民将这鸡带回去自家留着用。这人一看帝尧不收，又怕回家后完不成任务父亲责怪，于是丢下鸡就跑了出去。帝尧见一时追不上他，就赶忙把鸡腿上绑着的绳子拆开，这只鸡就好像认识路一样，扑棱着翅膀按原路回到了家。

后来，还陆续有人给帝尧送过能日行千里的良马和贵重的草药请帝尧保养身体，都被帝尧一一谢绝。帝尧对他们说："我现在身处高位，假如今天这人送给我一串珠子，明天那人送给我一朵奇花。我是为大家伙办事的，如果每天都想着这些事情，那天下的事可怎么办呢？"大家听了这话，终于明白了帝尧的良苦用心，也就不再继续送礼物为难帝尧了。虽然礼物没有送出去，但是帝尧的为民着想，拒不收礼的高尚品德却在民间广为流传着，世代受人敬仰。

关于民众为帝尧献礼的传说还有很多，流传较广的还有重明鸟的传说。相传，有一个小国为帝尧献上一只神鸟。这神鸟身形、鸣声很像鸡，但羽毛却长得像凤凰。尤其神奇的是，这鸟的两只眼睛每只眼睛都有两个瞳仁，一扑展翅膀野兽虎豹均畏惧三分，不敢靠近，可以保护民众安宁不受侵犯。还有传说帝尧从小生长的伊村出现了随月变化的神奇植物，名叫蓂荚。这蓂荚在月中之前，每天长出一片叶子，一过月中，便每天落一片叶子，人们通过观察蓂荚便可以知道日期。

此类为帝尧献礼的传说反映了帝尧深得民心，在晋南地区备受百姓敬爱，而百姓也心怀感激，不忘帝尧的圣大恩德。同时，神奇动物和植物的出现也彰显着帝尧时代的祥瑞与和谐。

华封三祝

帝尧为百姓做了很多善事，受到了各地百姓的爱戴。一日，帝尧来到华地，掌管华地的守疆人看到帝尧，便上前拜谒：“愿帝尧多福多寿多男子。”帝尧听了以后连连摇头道：“千万不敢这样说！你虽是一番美意，但我却希望不要多福多寿多男子。多福就会与百姓生疏，久而久之，便会失去百姓的拥护；多寿就会遇到很多不如意的事，为自己带来很多的烦恼；男子虽多，但为他们所操之心也多，这样为天下百姓操心的机会便大大减少，如果男子个个都不成器，那岂不是要让我心力交瘁吗？”

华地守疆人听后不以为然：“帝尧的话虽有道理，但我却不这样认为。多福可以使帝尧您与百姓同乐，使天下百姓都分享您的快乐；多寿可以使帝尧您更好地体会人世的各种喜怒哀乐，也不枉此生；而每个孩子都有上天安排好的该做的事情，您也不必为他们烦恼啊！”华封的这番话，被后人广为传颂，这就是有名的“华封三祝”，后世也常用华封三祝图案来表达人们的美好祝愿。

（三）地方风物传说

或出于对帝尧不朽功德的纪念，或出于对帝尧高尚品德的敬仰，或出于对帝尧心系百姓的感念，后世不少地方的民众围绕着当地风物，讲述并传承着很多关于帝尧的传说故事。那么，帝尧生活的足迹都印刻在哪些地方呢？这些地方又有哪些神奇的帝尧传说呢？

妙计制陶

尧建都平阳以后，经常到民间各地巡视，体察百姓疾苦。一日，他来到平水南面的一个村子，村民都争先恐后地夸奖帝尧治理有方又爱护百姓，是大家的好君主。这时，一位老者对尧说："自从帝尧您来到这里之后，我们的生活和以前变得大不一样。每家每户都仓丰粮满，只是粮食丰收之后，没有地方可以长久存放，使得大量粮食都腐烂变质，实在是太可惜了！"

帝尧听了，觉得是自己疏忽了，暗下决心要帮大家解决这个问题。他想起自己的父亲帝喾在世时，曾经烧制过一些陶罐，只是由于技术不成熟，最后都舍弃了，只剩下一些破损的还留着。帝尧想：这些陶罐就可以给百姓盛放粮食，只是还需要加工改进。于是，帝尧派人寻找合适的山头建造烧窑。每天，帝尧和大伙一起入窑烧制，又一起实验陶罐的结实程度，可是，一直都没有烧制出满意的陶罐。帝尧想，也许村里的老人更有经验。这一天，他走村串巷想找一些老人来询问，突然看到几个孩子在巷子里玩泥摔响锅。有几个孩子用胶泥把锅捏得很厚，怎么也摔不响，而另外几个孩子把锅底捏得很薄，还加了些沙子在里面，摔起来又清脆又响亮。帝尧便想到陶罐里是不是也可以加上沙子呢？

受到启发的帝尧回去后，在烧制前的陶土里加了些沙子，烧出来的陶罐果然比之前硬了许多。随后，帝尧又和窑工们一起经过多番改良，终于烧制出了满意的陶罐，为百姓解决了存放粮食的问题。后来，人们为了纪念帝尧的这一功绩，在帝尧烧制出来的陶罐上都加了一个“尧”字。从山西襄汾陶寺后来出土的陶器中，我们都可以看到当时高超的制陶水平。

观蚁造井

原先在上古帝尧生活的时代是没有井的，人们生活用水和农业用水都是靠着自然的雨水和临近的河流解决。然而，天行无常，恰逢有一年旱涝失调，自然的雨水相当匮乏，地上的河流也随之接近干涸。庄稼干旱，百姓眼看就要颗粒无收，每个人都愁眉不展。为了用水想尽了办法，却还是没有明显作用，这场干旱给当时的生活造成了严重的困难。

帝尧作为首领，咨询了众多大臣的意见，也看到民生日益衰颓，却还是对此事一筹莫展，内心忧虑万分。有一天，帝尧信步院落想对策，突然看到一群蚂蚁在地上爬来爬去。帝尧心想：这小小的蚂蚁也是生命啊，既然是生命那就免不了要喝水，那么蚂蚁的水是从何而来呢？它们又是如何得到水的呢？于是帝尧仔仔细细地观察到蚂蚁都往地下爬，于是他灵机一动:地下一定有水！接着帝尧便派人顺着蚁穴深挖，至两三丈时，地下冒出了清澈的水，帝尧顺势造井，这便是中国历史上的第一口井。后人为了纪念帝尧这一伟大创举，把这口井命名为“尧井”。今天它就在临汾尧庙的庭院里静静地诉说着千年之前的帝王那一心为民谋福的圣绩。

关于帝尧造井另有一则传说：帝尧受到小蚂蚁的启发而认为地下有水，那么天下之大，从哪里往地下寻找最快捷、最合适呢？这时候身边的一个大臣想起来最近他与众人在野外打猎时挖的陷阱是比较低的地方了，提出建议说：“如果从那里接着往下挖，会省时省力不少。”帝尧一听，点头表示赞同，于是众人纷纷行动起来，不一会儿，果然从陷阱的底部涌出了甘甜的清水。不仅解决了人们的生活用水，连农田里庄稼的旱情也得到了极大的缓解。

流传在翼城县的帝尧造井传说颇具神异色彩。相传，帝尧时期天下大旱，连续几个月滴雨未下，河中水位也下降得厉害。人们为了寻找水源而合力凿井，只是很多天过去了，也不见打出井水来。帝尧忧心百姓生计，便亲自加入到了凿井队伍中。帝尧这一加入不要紧，一下子让天上的玉皇大帝知道了，这可了不得，玉皇大帝立即下旨让掌管水的神仙下界帮忙。霎时间，天地之间乌云蔽日，一场久违的大雨倾盆而下。久旱的人们见到这大雨不躲也不跑，反而开心地在雨里淋着，感受着雨水带来的滋润。“噼——啪——”巨大的声响伴随着火红的亮光冲破凿井处，恍惚间，人们看到一条巨龙飞入云霄，众人还未定神，又听得“哗哗哗”的流水声萦绕耳边。惊讶之余，众人纷纷四处寻找这声响的来源，原来，在先前凿井处的井底已经冒出了井水。那井水好像有股神奇的力量，顺着井壁一直向上咕嘟咕嘟地往地面涌上来。这下可好了，大旱的田地有了水源，庄稼长势见好，久渴的人们也有了饮用水，百姓生计问题终于解决了。

此类帝尧造井传说虽情节各异，但基本思路都是围绕着帝尧为民出力，替民众解决最切身的问题的。歌颂了帝尧视民如子，对百姓尽心爱护、倾力帮助的可贵品质。

能懂人言的酸枣树

传说，帝尧生活在上古时期的尧都伊村。虽然他有很高的地位，但仍旧勤劳耕作、生活简朴。每天仍然要到田里去耕种，住的房子是用茅草和土建成的，屋顶的茅草也是未经修剪过的。而帝尧的妻子则每天在家中负责养蚕、缫丝，中午还要给地里的帝尧送午饭。这一天，帝尧的妻子因为织布耽误了一些时间，便在路上走得很快，走着走着，觉得腿被什么东西钩住了，走不动了。低下头一看，原来是路边长的酸枣树，是树上的刺挂住了帝尧妻子的衣裙。帝尧妻子急着给帝尧送饭，边把衣裙从刺上摘下来，边在嘴里嘟囔着："你这酸枣树，没事儿长这么多弯刺干什么呀？不如长成直的好一些。"谁知，路边的酸枣树听了帝尧妻子的话，从此以后，都不再长弯刺，而长直刺了。

同类传说也有异文说是帝尧与妻子（或说娥皇、女英）共同到田野里游玩，但是走着走着，帝尧发现妻子（或娥皇、女英）落在了后面，走近观察才发现是衣裙被酸枣树的弯刺钩住了，然后帝尧发话命令酸枣树不长弯刺。

帝尧选陵

帝尧为郭行百姓降服了妖怪，但是自己却倒下了，一方面由于帝尧年岁实在太大了，另一方面也是因为这一场争斗耗费了极大的体力，所以帝尧在奄奄一息的时候，跟自己的儿子丹朱嘱托后事。帝尧断断续续地说："儿啊，在这里我治理了洪水，又驱逐了妖怪，人们得以安居乐业，我看这里山清水秀，是个风水好的地方，你的母亲在降服女妖的过程中已经化作了石鹿，我想要和你母亲一起葬在涝河河边，希望你能……"说到这里，帝尧突然停顿了片刻，他想起了面前这个儿子的品性：这孩子生性顽劣，很少听我的话，还经常和我作对，我如果让他把我埋在水土肥厚的南岸，他必定会反其道而行之，将我葬在全是黄沙的北岸。于是，帝尧故意说了相反的方向："将我埋在北岸，一定记得是北岸。"话毕，便撒手人寰。

都说浪子回头金不换，帝尧的去世让丹朱十分悲痛，他想到自己从前的种种行为，冥顽不化又顽劣不堪，从没听过父亲的话，而父亲生前是一位受百姓爱戴的好君主，如果这次再不听父亲的话，那么自己会非常惭愧。于是，他听从了父亲的嘱托，竟然把帝尧葬在了涝河北岸。到了埋葬帝尧这一天，百官和百姓都来送别，他们不忍心帝尧就这样安息在粗糙的沙石中，就自发地从垣上往这边搬运细腻的黄土，有的用车拉，有的用袋子装，还有的用手捧，就这样，你一点，我一点，埋葬帝尧的地方就堆成了高高的陵冢。当地人们为了纪念帝尧的丰功伟绩，把帝尧当年降妖下马的地方改名叫"下马庄"，拴马的石头称为"拴马柱"。

帝尧牧马姑射山

姑射山是帝尧与美丽的鹿仙女相遇的地方，山势高峻，景色秀丽，东西两边的山坡上长满了草木，不仅一年四季风景各异，而且草木长势很好，特别适合放牧。于是，周边的百姓常常来此地放牛马和羊等。相传帝尧就曾经在姑射山上的东西坡放过马，在山下靠近汾河的地方修建过马场，和妻子共同在那里劳作。而且还在山坡上亲手种下了不少树木，把山坡装扮得更加葱茏。当地的不少村庄和地方名都来源于帝尧牧马的故事，如山北的生马庄，尧王放马的山坡名为“牧马滩”，山下还有因马在村中生了两头小马而得名的“二驹村”。

帝尧之子寻母

相传帝尧和鹿仙女成亲后生下儿子丹朱，但由于事情被天帝知道，鹿仙女受到惩罚，便在儿子满月后送给了帝尧抚养。后来，丹朱长大后 ，他看到别人都有母亲，唯独自己没有母亲，内心非常不悦。有一天，帝尧看丹朱心事重重的样子，便问他：“儿啊，有什么忧愁的事情啊？”丹朱回答：“父王，我怎么没有见过我的母亲呢？为什么别人都有母亲，我却没有呢？我的母亲去哪里了？”一连串的问题让帝尧措手不及，这么多年，他一直觉得是自己连累了鹿仙女，一想起鹿仙女，内心就非常不平静，面对孩子，更是无从说起，只能连连摇头。

丹朱却不管这些，只是嚷着：“我要母亲，我就要母亲，你不告诉我，我就自己去找她！”说着，丹朱背着弓箭就上马出发了。可是去哪里找呢？丹朱记得曾经听大人们说过，自己的母亲在仙洞沟住着，便朝那个方向找去，可是眼看天色已暗，很难看清道路，加上还要跨过汾河，丹朱一下子便迷了方向，往远处看根本就没有山地，更别提找到进入仙洞沟的道路了。丹朱一路狂奔，顿时觉得有些疲惫了，便打算下马在河边休息片刻。就在这时，眼尖的他发现正前方有头美丽的小鹿朝自己走过来，丹朱丝毫没有犹豫，拿起弓箭就要射向小鹿。刚搭好箭准备拉弓，那箭却自己掉落在地上，丹朱不灰心准备第二次搭箭，眼前的小鹿却瞬间化作了一位身姿窈窕的仙子。那仙子亲切慈爱地看着丹朱，把丹朱抱在怀中，略带哭腔地说：“儿啊，是你吗？我就是你的生身母亲啊！”丹朱感动之余，又有些疑惑，母亲是如何得知自己在这里呢？原来，鹿仙女已经知道丹朱来找自己，却在半途迷路找不到方向，于是便偷偷跑出来见儿子。丹朱见到自己母亲，他诉说着这么多年来对母亲的思念：“母亲，儿今日终于有了母亲，我要让母亲跟我回去，每天都不分开……”话音还没落就被鹿仙女制止了。鹿仙女说：“如今你和帝尧都挺好我就放心了，我与你父王相恋已是犯下大错，现在正在受罚，更不可能和你们生活在一起了……”说着也流下眼泪。

过了一会儿，鹿仙女必须要回去了，母子二人就要分别，她叮嘱丹朱说："儿啊，母亲不在你身边，你要听你父王的话，多做对百姓有益的事情，不可以沉迷玩乐，好吗？"丹朱点点头答应了母亲，目送着母亲化成小鹿远去了。从此，丹朱和母亲相认的地方就因为鹿仙女没有姐妹而得名"无姨村"。

与无姨村分布相近的丹朱遗迹还有襄汾景村的丹朱泉，传说丹朱曾在景村游玩，忽然听到随从报告："尧王将帝位传给了大舜。"丹朱听后，怒火腾起，对帝尧不让自己即位倍感委曲，对大舜抢了本应属于自己的位置感到气愤，就这样越想越气，越气越想，就将所有的气愤化为戾气，一把将手中的剑抽出，狠狠地插在了地上，还是未能消解心中的愤怒。但是，正因为丹朱这一剑，地下的泉水顺着剑眼汩汩流出，极大地便利了周边的农田灌溉，人们便将此泉命名为"丹朱泉"。同样，景村还有娥皇女英泉，这泉的来源与帝尧二女的品行密不可分。相传，娥皇和女英二人相伴来到这里游玩，玩到兴起之时，二人觉得这泉水可以方便人们生产生活，便想办法为当地百姓开凿泉眼，她们灵机一动，只见二人拔下头顶的发簪，用尖尖的发簪往地上扎，每扎到一个地方，那里就随簪子流出一股泉水。人们将二女的功德铭记于心，想要世代铭记，便以二女之名命名此泉，就这样，娥皇女英泉千百年来浇灌着附近无数百姓那淳朴的生之企盼。

帝尧之子过“三曲”

“三曲”位于尧都境内，指的是这里三个村名中带有“曲”字的村子——芦曲村、孙曲村和王曲村。相传，在一年夏天，暑气极盛，帝尧的长子丹朱恰好想在此时骑马出去玩乐，人们劝不住他，于是在临行前请人进行占卜，看今天是否适宜出行。卜卦之人起卦、解卦后，非常严肃地告诫丹朱：“卦象显示今天不宜出门啊，我劝您还是留在家中歇息一日，不然一过三曲必亡啊！”一心想着出去游玩的丹朱哪肯听这些话呢？只是微微点头应承着，心里却早已计划着去哪里了。占卜人一离开，丹朱立刻上马，带着随身侍从就出发了。果然出门能够散心，丹朱一路策马，心情飘飘然，真是美哉。在游玩间隙，他随口问了下随从：“这里是什么地方啊？”随从应声回答：“回太子，我们到了芦曲村。”一听芦曲村，丹朱忽然想起占卜人的劝告，但是正玩在兴头上的他又怎么肯立即打道回府呢？只见他继续扬鞭，向前方奔去。又是一番酣畅淋漓地驰骋后，丹朱问：“现在我们在何处啊？”随从回答：“回太子，这里是孙曲了。”接连两个地方都是以“曲”命名的村庄，丹朱不由吓出了一身冷汗，心想:这占卜人所言不虚，那么我不能再往前走了，三曲已过两曲，再过一曲我就没命了！我只要不再去有“曲”的地方就好了。这样想着，他边朝远处望了望，找准一个方向朝坡上走去。这次还没走出多远，随从发现了问题，大喊：“不好，这里是王曲村！”丹朱一听这话，当时就像泄了气的皮球，浑身无力，从马背上翻滚下来，一命呜呼了。他所骑的马见主人倒地，向西狂奔，没多久，竟也倒地身亡了。

后来，人们在丹朱坠马而亡的地方建了一座庙，叫作“太子庙”，而他的马死在了一面坡上，因此叫作“老马坡”。今天，山西省临汾市吴村镇王曲村的西边还存有“丹朱墓”,又名“太子坟”。

平水韭黄

帝尧建都平阳后，经常和百姓一起劳作，耕田种地都身先士卒,受到了百姓的拥护和爱戴。一天,帝尧和大伙在地里忙了半晌,累得坐在草丛里休息。帝尧在草丛里随手一抓，发现一种又嫩又绿的野草，他顺手往嘴里一放，顿时觉得鲜美之气充满口齿。他便建议大伙都来尝尝，大家也都觉得味道不错，于是，帝尧决定给这种草起个名字。帝尧说：“既然这草并非我一人发现的，那就写成‘韭’吧。”大伙一听，都觉得帝尧起的名字有道理，连连称善，但是，众人疑惑了：“这个字应该念什么呢？”帝尧问：“今天是什么日子？”大伙说：“九月初九。”帝尧说：“那这个字就念‘九’吧。”

帝尧决定和大家一起再找些韭带回去种植到田里，大家你一把我一把，很快就找来许多韭。回去之后，大家把它种在了平水河边的地里，人们发现韭不但长得快，而且长得好，味道又相当不错，每个人都非常喜欢。可是，到了冬天，百草凋零，韭会不会也难以存活呢？这一年冬天，帝尧到河边洗衣服，发现在韭的下面长出一些黄韭菜，大伙扒开杂草一看，竟有不少黄韭菜在暗暗生长。原来，冬天韭被雪覆盖，雪起到了保温的作用，但冬日里无阳光直射，所以长出来的韭菜都变成了黄色。这样，帝尧把黄色的韭菜叫作韭黄。直到现在，韭黄还是临汾市龙祠当地的特产，为广大百姓所喜爱。

这则帝尧与大家一同劳作发现韭黄的传说不仅体现出民众对“韭”来源的美好阐释，还反映出帝尧本人能够与大众一起同吃同作，为民着想的优良品德。这则传说能够流传不衰在一定程度上亦反映出百姓对统治者与民同乐、与民同苦等品质的热切期待。

翼城砂锅

在翼城县，帝尧被人们看作是“陶神”。这里的“陶”指的是一种用土烧制而成的陶器，当地人认为帝尧能够造出质地坚固、色泽上等的陶锅，同时帝尧还将这种制陶锅的办法教给当地民众，让百姓都能造出精美结实的陶锅，所以尊帝尧为陶神。

在翼城当地流传着这样的传说：帝尧在翼城建了尧都村，又教会当地民众耕地打仗，把翼城治理得井井有条。那时候，人们烧火做饭已经开始使用黏土烧制的一些土粗陶器，但是，这样做出来的锅都比较脆，常常是用得好好的突然破损，这给百姓的日常生活带来了很大的不便。帝尧看到民众这样生活，非常想找到特殊的方法制作一种结实又耐用的锅来替百姓解决这一生活难题，但是尝试了多种方法都没能成，这个问题始终困扰着帝尧，成了他当时的一大心病。

后来有一天，帝尧在村中散步，走着走着，来到一户人家门口。在那里，帝尧看到几个小孩子在玩黏土，但是黏土过于稀软，捏东西不成形，玩着玩着，孩子们觉得无聊，就在外面找来一些胶土和黏土混在一起，用这种新土捏了一些小碗，玩腻了就扔进了灶火里。

这户人家看到了帝尧走来，便热情邀请帝尧到家中用饭，帝尧恰好想看看儿童扔进灶火的小碗会怎样，就答应了下来。吃过午饭，帝尧将这些小碗从灶火里拿出来，发现这些小锅小碗不仅结实，而且色泽鲜亮，也不易碎。帝尧便暗暗把这方法记在心里，回去之后，他立刻找来黏土和胶土，将这两种土混合在一起，捏好后就放进火中烧制。一次不行两次，两次不行三次，帝尧反反复复地试验，一次次调整黏土和胶土的比例，一次次观察烧制的火候，终于在数次烧制之后研制出一种结实耐用的陶锅。而且帝尧试着用这种锅煮饭吃，发现煮出来的东西既软又香，这便是早期的翼城砂锅。

后来，帝尧将这种制砂锅的办法教给了当地的百姓，大家也经过反复练习与加工，制出了皮薄结实的砂锅。再加上它保温性好，炖煮出来的菜肴美味可口，使得翼城砂锅的美名传遍天下，帝尧也成了翼城尧都村人人尊崇、家家爱戴的好君主。时至今日，提起制造砂锅，当地的人们还自豪地称从帝尧时期开始翼城就掌握制砂锅技艺了，而且这砂锅技艺就是当年帝尧传给他们的。如今的翼城砂锅制作中还有帝尧的影子，例如：人们从形似的角度出发，把制砂锅时要用的木制压板、拍板和手锤分别称为朝王板、尧王金牌和尧王玉印等。

《击壤歌》与《康衢谣》

相传，《击壤歌》与《康衢谣》都诞生于古平阳境内，是帝尧时期人们口口相传的歌谣，这两首歌谣传唱千年而活力不减。那么，《击壤歌》与《康衢谣》背后又有怎样的神奇传说呢？我们从歌谣中又能够看到怎样的帝尧形象呢？

首先来看这一则传说。据传，“击壤”是古时候流传在民间的一种游戏，主要工具是“壤”，即木板，形状像鞋子。游戏方法有的说是游戏者手持两块木板相互敲击，有的说是将一块木板立在地上，手持另一块木板从远处砸过来，以砸中者为胜。相传，帝尧常到民间访查，这一年，他来到了尧都的一个名为康庄的村子（也有传说帝尧访查的是襄汾县的席村）。刚进村子走了没多远，就看到有一群人围在一起，人们欢笑声、游戏声、说话声交织着，处处洋溢着和谐融洽的氛围。帝尧看后大喜，三步并作两步走向人群，这时，只听得人群中一人说：“天下现在太平了，人们生活也安定了，这不都是帝王的功劳吗？”周围的人纷纷点头称是，唯有一人没有表示赞同，只见这是位须发皆白的老者，他怡然自得地玩着击壤游戏，嘴里唱着“日出而作，日入而息。凿井而饮，耕田而食。帝力于我何有哉！”意思是：“每天太阳出来我就劳作，太阳落下我就休息，挖掘水井来取水，耕种田地供饮食，我这样自由自在，这样的日子有何不自在，谁还去羡慕帝王的权力！”唱罢又悠然地玩起了游戏。

帝尧听老者这番话顿时觉得满心欢喜，原来这里的人们生活得如此自得，日常生活能够安其居，劳作之时能够乐其业，闲暇之余能够有所乐，真不错啊！接着帝尧忙上前与老者交谈，一交谈才知道，原来这老者就是远近闻名的耆老。随后，帝尧来到耆老家中，恭敬地与耆老畅谈天下大事，一番交谈下来，帝尧获益匪浅，便拜耆老为师。由此，人们也将耆老称为帝师，一曲太平祥和的《击壤歌》也随之流传于世，不断演绎着人们对和谐美好生活的向往。

另有一则传说，相传，帝尧到晋南的康衢村（康庄）去视察民情，走到村子中看到不少小孩在街头拍手唱着：“立我烝民，莫匪尔极，不识不知，顺帝之则。”[①] 听过后，帝尧明白了，原来儿童的歌声是在诉说帝王的恩德让人们生活有多么安乐：正是您啊，让人们饿了有饭吃，冷了有衣穿，每个人都在不经意间就感

① 列子：《列子》，景中译注，中华书局，2007，第129页。

染了您的教化，跟随着您。帝尧能够亲眼看到人们生活富足闲适，看到百姓能够乐天知命，黄发垂髫足以怡然自乐，自己内心也激动不已。从此,帝尧时期的这则《康衢谣》也在人们口中久经传唱，流传了下来，与《击壤歌》一起成了中国最早的诗歌。

尧王古道的由来

帝尧多次访贤才终得贤明的大舜，实际上，访贤的路途遥远，其间也并不是一帆风顺的。在帝尧时期，要从尧都平阳到历山舜王坪所在地，需要经过多个地方，尤其是要经过很多山陡水急的地方。相传，帝尧从平阳往南走，一直走到了绛县的尧寓村一带，需要接着向前走，才能到达大舜所在之处。可是历来这里是没有通向历山的道路，如果想要到那里去，帝尧就必须翻山越岭。

帝尧虽然已经年老，但是内心记挂天下百姓，一心渴求贤人治理天下，所以顾不得山高路远，顾不得年老体迈，二话不说就义无反顾地踏上了访贤路。这一路上，除去山势险峻、路窄难行外，路上还长着无数的野草、荆棘，帝尧向前走也随着开劈了一条路。传说，其间帝尧还遇到了守山的怪物，用自己的神力镇压了怪物后继续前进，终于，经过了多日不停地行进后到达了历山,见到了久闻大名的大舜。帝尧认真观察大舜的行迹，与大舜讨论天下大事，果然发现大舜名不虚传，确定了大舜为帝位的接班人。

这条古道在帝尧访贤后便起着沟通南北的桥梁作用，越来越多的人从这里走过，甚至成了北边到中原地区的必经之地。人们为了纪念帝尧的开创之功，便将这条路称为“尧王古道”，又因为这条路连接着绛县和垣曲，故又有“绛垣古道”之称。同时也因为帝尧开辟此路是为了寻访治国的贤人，访得大舜，这条路便又名为“访贤路”。

威风锣鼓的起源

在山西南部，人们常常说“高兴不过娶媳妇，热闹不过敲锣鼓”，那么，你知道锣鼓是怎样来的吗？威风锣鼓与帝尧又有怎样密不可分的联系呢？

传说，帝尧访贤遇到大舜时，大舜正在田间驾牛耕田，他一边驾驭着两头老牛，一边随手敲击放置在两牛之间的一面铜锣。帝尧问其缘由，方知是因为体恤老牛耕田的辛苦，不忍心再鞭打牛，二来也怕突然鞭打其中一只牛，那牛突然用力，两牛力气不均，耕出来的地不平整，敲打铜锣可以敦促二牛一起用力。帝尧由此感受到大舜的仁民爱物之德，感触颇深，由此，用敲打锣鼓来教育人们要向大舜学习高尚的品德。再加上，当帝尧把两个女儿嫁到历山后，每年娘娘从历山回羊獬和从羊獬返回历山时，当地民众都敲锣打鼓表示内心高兴欣喜之情。因为这锣鼓敲起来，声音响亮，节奏鲜明，锣鼓声使人听之颇具威风之感，锣鼓声中人们的内心欢腾，心中的情绪尽情释放，所以渐渐地当地的锣鼓就有“威风锣鼓”之称了。

直到今天，威风锣鼓在晋南地区人民的生活中还扮演着重要的角色，谁家娶媳妇了，哪里新开业了、过大年、闹元宵啦，一些大型庆典啦，包括洪洞“接姑姑，迎娘娘”走亲活动呀，都少不了威风锣鼓的身影。当地人还认为走亲活动中敲的许多锣鼓曲牌就是帝尧有感于人们对娥皇、女英的爱戴而亲自创作的呢！

神奇出生、巧遇仙女成婚、教子嫁女、处理政事、治理洪水、缓解干旱、重视农耕、亲身访贤、发明创造……这一系列丰富的传说，为我们生动地展现出帝尧千年来留给人们的多样印象：既有神奇智慧的帝尧形象，也有为家事而费心的尧王形象，又有与民众一同劳作的亲切感人的首领形象，还有正直无私的帝王形象，更有为民忧心劳力的贤王形象……这一方面反映出帝尧在后世人心中地位之高、圣德之广，另一方面也反映出在生产力十分低下的上古时期，人们改造自然的能力与水平尚且处于不发达阶段，反映出当时人们对英雄、对圣贤、对超自然力的崇拜与信仰。

二

民俗与信仰

山西南部地区的民众将帝尧看作是祖先和神灵，以此表达极高的崇拜、敬仰之情。在这里，以帝尧传说为基础，形成了深厚的帝尧信仰传统，同时也形成了极具特色的纪念帝尧的民俗活动。那么，民间的帝尧信仰都包含哪些内容呢？围绕着帝尧信仰又形成了怎样丰富多彩的民俗活动呢？从古至今的帝尧民俗活动都是如何演绎发展的呢？

（一）帝尧民俗信仰

虽为帝王，却公而忘私，首创禅让；
虽处上古，却发明创造，肇启文明；
虽居高位，却以民为本，与民同作；
虽已远去，却遗风传世，滋养教化。

是啊，“尧天舜日”“大哉，尧之为君也”“尧王爷爷”……后世流传的诸多有关帝尧的说法，让我们深切地体会到民众对帝尧拥戴、崇拜、信赖的心理，让我们清晰地看到后世民众眼中的帝尧是个多么仰之弥高的存在；从上述口头流传的、多彩丰富、令人难忘的帝尧传说中，我们亦可以真切地感受到帝尧信仰的丰富性、神圣性。笔者认为，民众对帝尧的信仰基本可以从以下三方面来进行理解。

神力信仰

上古时期，自然环境恶劣，洪水、干旱、野兽、战乱、疾病等，无一不严重威胁着人类的生存与繁衍。再加上，当时生产力水平低下，在这样的环境中，普通百姓自然格外期待一位救世的大英雄的出现，治理旱涝、制服野兽、平定战乱，使人们丰衣足食，安居乐业。所以，人们常常对部落首领、文化发明英雄、自然界的威力等有种莫名的崇拜。于是，帝尧信仰应运而生。

人们对帝尧神力的信仰体现在很多传说中，例如，帝尧的出生就是不同寻常的，其一体现在尧之母遇赤龙而生帝尧，并且帝尧长相与赤龙留下的人像画一个模样；其二体现在尧之母怀孕十四个月才生产；其三体现在帝尧出生之时，电闪雷鸣，仿佛一条青龙下凡而化生帝尧。又如，帝尧在为民除害之时体现出超凡的神力，有郭行降服女妖时化龙与之斗争，有不让酸枣树长弯刺的神力等等；再如，帝尧的家人和故乡风物也有神力，女英一出生便可以说话，三天就可以走路，七天就跟大人一样，非常聪明机智，洪洞羊獬村的独角羊獬更是可以分辨忠奸。

圣贤信仰

帝尧历来被视作千古贤明之王，在政治上，他有勇有谋，以德行收服了四方诸侯，又迅速平定了丹朱和三苗的叛乱；为了让民众能自由发表意见，改善社会风气，帝尧设立“诽谤木”广开言路；在年老之时，帝尧为了让天下有贤主接管，亲自多次到各地访贤、考贤，最终选择了德行、智慧、本领都过人的大舜，创立禅让制，开启一代民主政治的先河。

在生活中，帝尧并非高高在上、喜怒无常、令人敬而远之的帝王，而是平易近人，心怀仁爱，关心百姓生活。帝尧生活简朴，吃、住、行都与人们没有差别，传说帝尧曾经居住在“茅茨土阶”中；帝尧日常中与人们共同劳动，比如“韭黄”就是帝尧与众人一同在平水耕作时的发现；他经常到各地视察，帮助百姓解决最迫切的问题，如解决了陶器容易碎的问题、发明历法解决农民不知播种时令的问题、观察蚂蚁取水挖掘水井解决人们缺水的问题……

在个人品质上，帝尧可以说是具有至高无上的品德，他一心挂念国家大事，勤勉执政，传说原本帝尧有三百岁的寿命，但是他过于劳累奔波，最后只活了一百多年就去世了；值得一提的是，帝尧还大公无私，对自己有严格要求，比如百姓出于爱戴和感激送上的礼物，帝尧都一一拒绝，而且还定了规矩，以后但凡来拜见的，都不要带礼物，如果带了礼物那就坚决不见。

祖先信仰

在人们心中，帝尧除了是神龙化生、是圣贤君王之外，还有一个屹立不倒的形象——祖先神。

在上古尧都周边的许多地方，民众都将帝尧看作是人们共同的祖先，非常坚定地相信自己就是帝尧的后代。如传说中帝尧在临汾洪洞发现神兽羊獬后迁居此地，就将此地作为自己的第二故乡。当地的人们便都认为自己就是帝尧的后人,把帝尧称作是“爷爷”，就像供奉祖先般将帝尧供奉起来，当地还形成了“接姑姑，迎娘娘”为帝尧祝寿的习俗。相传，临汾伊村的伊姓民众都是帝尧的后裔，但是后来由于遭到谋害而远走他乡，时至今日，伊姓民众在祭祖时仍要对帝尧进行祭祀。实际上，随着时间的演变，帝尧早已成为了中华民族共同的祖先，成为根祖文化的重要载体。正是有了帝尧文化的丰富滋养，几千年来中华民族才有了血脉根基，几千年的中华文化才能连绵不绝，延传至今。

（二）帝尧民间信仰活动

民间对帝尧的信仰深厚而纯朴，并且总是借助一定的仪式表达出来，而且在不同时代、不同地区、不同群体中，人们组织帝尧信仰活动的时间、目的、方式等都是有区别的。那么，源远流长的帝尧信仰都有哪些表达方式？人们常通过何种仪式倾诉对帝尧的追思仰慕？仪式中又有哪些极具地方特色的民俗事项呢？帝尧信仰是不是仅存于特定的日子和场所？日常生活中也会有它的影子吗？接下来，就让我们一起触摸帝尧信仰从古至今的脉络，共同走进帝尧圣迹颇多的晋南地区，从当地的帝尧信仰活动中一一解开谜团吧！

帝尧祭祀的历史概况

帝尧祭祀，古已有之，最远可以追溯到先秦，然而当时并没有把帝尧当作明确的祭祀对象。直到有汉一代，自开国便将帝尧的祭祀活动推崇到国祭的地位，各代帝王也将自己视为帝尧的后代，并设置专门的官员主持该项活动。

从此以后，虽朝代更迭，但帝尧祭祀依然保持着较高的规格。尤其自北魏开始，国家将帝尧奉为国家正统神灵，以太牢之礼供奉，并将古平阳的尧庙设为专门祭祀帝尧的场所。在唐高宗和元世祖时期都有过对尧庙大规模的修建，清圣祖康熙曾亲自到此巡视。

同时，帝尧陵也是帝尧祭祀活动从未忽视的场所，相传唐太宗李世民就曾亲身来此地祭拜，祈求国泰民安。自唐代之后，历朝基本保持着每两年或三年祭祀帝尧的传统，具体时间一般在春季的第二个月，也有在秋季八月举行祭祀活动的记载。直到清晚期，由于政治、经济等因素影响，政府无力再支持帝尧祭祀的庞大费用，帝尧祭祀活动的主办权才到了当地民众手中，由民众自行组织清明节和八月十五的祭尧活动。每当这时，周边百姓纷纷携带着自家制作的吃食，还有水果、香烛等参与到祭祀活动中，渴望通过祭拜，能够使尧王爷爷赐福、赐平安。

综上所述，从举办主体来看，帝尧祭祀活动既有官方祭祀活动，又有民间祭祀活动。从信仰场所来看，在晋南地区，较为大型的、时代久远的帝尧祭祀活动的场所主要集中在三处，尧都尧陵、尧庙、洪洞唐尧故园。

帝尧陵祭祀活动

尧都帝尧陵的祭祀活动受到历朝统治者的重视。据考证，尧陵祭祀活动自晋代开始，唐太宗李世民也曾亲自到尧陵祭拜，此后统治者多次重修尧陵。自晋代以来，到明清之际，尧陵祭祀基本在农历的二月和八月，也就是春秋两季，由官方主持。到了清末民初，社会动荡，官方不足以继续承担庞大的尧陵祭祀开销，便将祭祀权交由尧陵周边的村民乡绅，由他们在每年的清明节和农历八月举办帝尧祭祀活动。

传说尧陵是帝尧时代百姓和百官亲手运来黄土造就的，高高的陵冢既象征着帝尧劳苦功高，又象征着百姓和臣子对帝尧比山还高的爱戴之情。在尧陵进行祭祀，正是因为统治者们期望自己身为一国之君，能够像帝尧一样贤明有德，将国家治理得风调雨顺，得到百姓的拥护；希望从一次次祭祀活动中以帝尧精神感染臣民，最终起到凝聚人心，维护社会稳定的作用。官方祭祀典礼的祭品、祭酒、祭仪以及祭祀人员，都有严格的规制，规格也较高。

而对民众来说，一方面民众向往帝尧统治时期的政治清明、社会民主，渴望出现像帝尧一样一心为人们做实事的帝王。另一方面，当地民众认为在特殊的节日里祭拜帝尧可以获得尧王的庇佑，求财得财，求福得福，甚至求子也会灵验。每当祭祀典礼时，民众都会自发携带花馍、蜡烛、黄表纸、香火及新鲜水果等，亲自到帝尧陵前磕头烧香，默默许下自己的愿望，期望能得到帝尧的保佑而一年到头顺顺利利。

尧庙祭祀与庙会活动

以庙宇为信仰场所的帝尧祭祀活动始于魏晋时期，但是当时并没有明确规定在何处祭祀帝尧。后来孝文帝明确指出应将帝尧定都处定为统一的祭祀场所，祭祀周期为每三年一次，祭祀时间为春季农历二月。与尧庙帝尧祭祀相伴而生的是隆重的“皇会”，也就是庙会，庙会的时间为传说中帝尧的诞辰农历四月二十八日。每逢庙会，附近十几公里的民众欢歌杂耍、戏曲锣鼓、上供祭品、祭拜烧香，既有来观瞻帝尧塑像，表达对帝尧崇拜的情感的，也有来进行信息、物资、情感交流的。

随着时代的发展，尧庙成为越来越多炎黄子孙的精神寄托，每年的清明节都会有上千人聚集于此，祭拜帝尧。尤其是2000年后，每年的正月、五月和十月都是尧都根祖文化旅游月，不仅周边的民众纷纷前来参加庙会，甚至台湾、海外等华人华侨都回到临汾尧庙祭拜帝尧，寻找文化之根，感受帝尧那和谐、文明、民主、礼让精神的真谛。

唐尧故园祭祀与庙会活动

传说洪洞的羊獬村是帝尧的第二故乡，当地民众都将自己看作是帝尧的后代，每年都要在帝尧诞辰举行祭典和庙会。一般来说，羊獬村的庙会从四月二十开始，一直延续到四月二十九日，这是因为当地人认为帝尧的生日是农历四月二十八日。羊獬庙会除了祭祀帝尧外，还要祭祀帝尧的两个女儿娥皇和女英。

相传，在帝尧和两个女儿都在世的时候，娥皇、女英嫁到历山后，每年都要回到羊獬来给帝尧祝寿，由此还形成了三月三“接姑姑，迎娘娘”的走亲习俗。此外，当地传说庙会上表演的威风锣鼓还是帝尧发明创造的。相传，帝尧在访贤途中到了历山，看到大舜驾着黄牛耕地，手持鞭子，但是这鞭子不打黄牛，却反而落到了放在两黄牛中间的簸箕上。问清原因后，才知道是因为大舜觉得黄牛辛勤耕地已经很辛苦了，不忍心鞭打它们，再加上如果鞭打了其中一只，那么黄牛用力不均匀，耕地就深浅不一。帝尧有感于大舜的仁爱之心，便发明了威风锣鼓，让人在敲鼓时候记住贤人仁爱的品德，多多学习。

晋南其他地区的祭祀活动

说到帝尧祭祀与庙会活动的场所，在绛县尧寓村、临汾伊村和翼城县尧都村都有祭祀帝尧的庙宇，如尧王庙、尧王行宫等。

村中尚有老人能够回忆起当年祭祀帝尧的盛况，现在这些庙宇得以重新修整，每逢初一、十五村中的信众还会携带简单的祭品去祭祀帝尧，祈求平安福乐。可见，帝尧庙宇和陵墓虽几经损坏与修建，但其所蕴含的帝尧精神会一脉相承，一如既往感染着民众，调和着社会氛围。

相传，帝尧的少年时代是在绛县的尧寓村度过的，这里被称为帝尧的故乡。当地人认为帝尧的生日是每年的农历三月三日，每年的这一天都要为帝尧庆祝诞辰。后来，随着时间的演变形成了祭祀帝尧的活动，祈祷风调雨顺，庄稼丰收。而且组织帝尧祭祀的当地民众还有清晰的传承脉络，最早甚至可以追溯到 18 世纪末。现在的帝尧祭祀已渐渐将祭祀和庙会相融合，有庄严规整的祭祀仪式。如主祭人皆头戴柳条编成的帽子，身着祭服，手持石磬，边敲边唱诵着古老的《击壤歌》。祭祀中还要为帝尧献上五谷、牺牲等祭品，以慰神明之英灵。祭祀过后，当地民众纷纷瞻仰、祭拜帝尧，将自己带的供品献给帝尧，表达对帝尧崇高的尊敬之情。在一次次祭祀与庙会活动中，民众以自己的方式表达着对帝尧的赞美和感激，一次次感染着上古帝尧的爱民遗风。如今，绛县尧寓村的帝尧祭祀吸引了全国各地甚至海内外华人寻根祭祖的目光，相信这古老的帝尧信仰活动在新时代能够顺势而为，更好地发挥出帝尧文化的魅力，为中华凝聚做出更多贡献。

“吃尧饭”习俗

相传，帝尧在世之时生活非常简朴，全心考虑民众是否能够吃饱穿暖，过得是否怡然，对自己的衣食住行则完全不讲究。他住的房子是用土和茅草搭建的，土夯实后做墙壁，而茅草铺在屋顶。他吃的饭常常是糙米饭就着野菜，传说帝尧所吃的饭菜中没有酸甜苦辣咸等味道，更不要说含有什么油脂了。而他穿的衣服，更是不讲究制作工艺和材料，无论冬天夏天都穿着粗制的衣服。而且，当人们劝说帝尧不要这样简朴地过生活时，他还常常对别人说：“天下有一个人寒冷，我穿再厚也不会觉得暖和；有一个人吃不饱，我吃得再好也不会觉得可口。”不难看出，帝尧虽为首领，但他的吃穿与普通民众并没有什么差别，还总是把百姓放在自己之前来考虑。

因此，当帝尧去世后，为了表示对贤圣的追思与怀念，在洪洞地区逐渐形成了一项流传至今的特色习俗——吃尧饭。尧饭也叫“腰饭”，取纪念帝尧之意，一般在“接姑姑，迎娘娘”走亲活动中进行。以接姑姑为例，羊獬与历山相隔甚远，来回往往需要两到三日，这期间人们的吃饭和住宿怎么办呢？原来接姑姑的路线一路经过二十多个村庄，千百年来，人们已经形成了“亲戚”来了就拉到家里吃饭的习俗。每到农历三月初三，当地各村的人们都提前把家里打扫一新，准备饭食，唯恐“亲戚”来了招待不周。只是这其中有一种饭食十分特别，是用野菜和面粉做成的一种类似菜团的食物，这食物少油甚至没有油。但是来往的每个人都要吃一些，并且认为吃下这食物可以表示对帝尧的怀念，不忘帝尧当初千辛万苦的开创之功，不忘帝尧勤劳俭朴的生活品格。另一方面，在物质生活水平较高的当今社会，吃尧饭习俗还可以使人们自觉接受“俭朴”“节省”“朴实”“吃苦耐劳”等传统美德的教育。

相关日常民俗

春节拜年习俗

除了对帝尧进行祭祀和举行帝尧庙会活动外，民众对帝尧的信仰还表现在人们日常生活的方方面面。如春节时的拜年习俗，传说帝尧在观察了每年的气候变化后，总结出一年四季的循环周期，于是确立了每年的春天为一年的开始，定下了春节。

有一次，帝尧在回到故乡后听说了这样一件事情：有两家邻居因为平时的日常琐事闹了意见，双方内心都不愉快。有一天，其中一家的房子忽然间着了火，这邻居看到了，心想：哈哈，着火了，看你还怎么和我作对。他美滋滋地想着，丝毫没有想去帮忙的意思。没想到，火借风势竟越来越猛，一下子蔓延到自家的屋顶了，这一下他再来救火，早已经来不及了，最后落得两家房子都被火烧了。帝尧看到这样的情形很痛心，他为了让民众能互相帮助，融洽相处，便建议大家在春节期间互相来往，多坐在一起聊一聊，把平时的不愉快都化解开，这样就会避免很多不必要的麻烦。久而久之，就形成了春节到亲朋好友家拜年的习俗。

春节贴公鸡习俗

很多地方在春节的时候，还有在窗户上贴公鸡避邪的习俗。这也与帝尧有紧密的联系。传说帝尧时期野兽众多，人们常常受到野兽的侵袭，生活不得安宁。那时候有一种神鸟，眼睛里有两个瞳仁，叫重明鸟。这神鸟身形像公鸡，具有驱逐野兽的神力，野兽见了它都纷纷躲避，不敢向前。但是由于重明鸟往往几年才飞来一次，不能常常与人们为伴，于是，人们就将制成的重明鸟的画像挂在门上或贴在窗户上，野兽看到后也不敢前来骚扰。渐渐地，后世就形成了春节贴公鸡画像来讨得吉利的习俗。

祝寿习俗

现在后辈为家中老人祝寿的习俗也是来源于帝尧。传说帝尧的生日是农历四月二十八（有的地方传说是农历三月初三），每年的这个时候嫁出去的两个女儿娥皇和女英都要和夫婿大舜一起回到羊獬村为帝尧祝寿，表达敬老孝顺之心。后世便一直沿用下来，演变为今天的后辈为老人祝寿，以此祝福老人身心健康，表达儿女的殷殷孝老之情，老人也感受到来自后辈的祝福和关心，有助于家庭和睦。

娶亲习俗

此外，人生四大喜之一的“洞房花烛”习俗也与帝尧息息相关。传说帝尧与鹿仙女在仙洞沟相遇成亲，成亲当晚，洞里的石柱子变为红色的石柱，而且增高了很多，非常壮观，所以后来人们就把成亲称为“入洞房”,而且要在洞房中点燃红烛来表示祝贺。与此同时，帝尧嫁女的传说中还有这样的情节：当二女前往历山大舜家时，大舜亲自来到羊獬迎接二位妻子，而帝尧这边又派出一队人马将两位女儿送到历山才返回，由此，演化出后世成亲仪式中的娘家“送亲”和婆家“迎亲”的习俗。

供奉“三官”的习俗

在民间，帝尧与舜帝、大禹一起合称为“三官”，对于“三官”的来历，民间有这样的说法：相传古时候帝尧首定历法，划定农时，于是人们认为帝尧可以掌管天时，所以称其为“天官”；舜帝在位期间召集百官，共同商议将天下划分为十二州，并设置了相应的十二位州长，让天下每一块土地都得到了行之有效的管理，所以称舜帝为“地官”;相传，大禹历时十三年奔走治水，开山挖渠，尝试各种方法，最后选用了疏通法，终于制服了洪水，把民众从水深火热之中解救了出来，故得“水官”之称。今天在我国不少地方都有供奉三官的传统，如上海、浙江、山西、台湾等地都有合祀尧舜禹的三官庙，至今仍供民众祭拜瞻仰。

综上所述，帝尧信仰并非空中楼阁，可望而不可即，而是寓于民众生活之中，以多样的形式，如祭祀、庙会及日常习俗等，在后世对帝尧的敬仰、信奉之中不断得到强化。另一方面，帝尧文化也在这一次次满含敬意的仪式与活动中对民众生活起到了调节作用，如庙会活动的娱乐、贸易等活动就让民众从忙碌平淡的生活中暂时跳出来放松心情。更重要的是，帝尧信仰也在潜移默化地滋养着民众的精神世界，在帝尧这华夏之祖面前，我们都是他的后代，我们都传承发展着古老的中华文明，这便是帝尧信仰传承至今经久不衰的奥秘吧！

三

文献与古迹

（一）文献资料

在如星汉般灿烂的中华文明长河中，帝尧以其如天之高远、似地之厚广的高尚品质放射出耀眼的光辉而引人注目，他一生为民奔走不知疲倦，为国忧心不觉劳累，受到历代华夏子孙的敬仰与崇拜。

说起帝尧的美好品质，他的仁爱无私，他的丰功伟绩，他的神力助人，他的勤劳俭朴，无一不为人们津津乐道，彪炳青史。那么，历史上都有哪些对帝尧的记载呢？这些记载又在诉说着一位何种形象的帝王呢？帝尧的圣贤、仁爱、勤俭、神勇又都体现在哪些方面呢？想对帝尧了解更深入吗？那就一起在历代文献的记载中饱览帝尧的风采吧！

个人成长主题

在历代文献中，与帝尧个人成长主题相关的记载主要包括出生、长相、名号与家庭生活等方面。首先，关于帝尧出生的记载就颇具传奇色彩，似乎从一出生就预示着帝尧的与众不同。这类记载不仅见于历史文献中，而且在人们口中传唱的歌谣亦有描述。如：

“父帝喾母庆都炎黄一脉。传庆都感赤龙十四月怀，生伊村长伊村土阶童年。”①（《三圣歌》）；

“帝尧陶唐氏，母曰庆都，生于斗维之野……赤龙感之，孕十四月而生尧于丹陵。”②（《竹书纪年》）；

“帝尧陶唐氏，伊祁姓也。母曰庆都，孕十四月而生尧于丹陵，名曰放勋。”③（《帝王世纪》）；

“（庆都）无夫，出观三河。奄然阴风，赤龙与庆都合，有娠而生尧。”④（《绎史》卷九引《春秋合诚图》）；

“母陈丰氏，曰庆都。尝观三河之首，赤帝显图，奄然风雨。庆都遇而萌之，黄云覆之，震，十有四月而生尧于丹陵。”⑤（《路史·后纪十》）；

“（尧）母陈锋氏女，曰庆都，感赤龙，孕十四月而生尧于丹

---

① 张海杰：《帝尧民间传说故事》（内部资料），第 3 页。
②《竹书纪年》，齐鲁书社，2000，第 43 页。
③ 皇甫谧：《帝王世纪》，辽宁教育出版社，1997，第 12 页。
④ 马骕、王利器整理《绎史》，中华书局，2002，第 87 页。
⑤ 罗泌纂《路史》，《钦定四库全书》（影印本）。

陵。”[①]（《汉书人表考》）。

上述文献都记载了帝尧是母亲感龙而生，并且明确指出庆都怀孕十四个月才生产，出生地是在名叫“丹陵”的地方，而丹陵具体指今天的什么地方，后世众说纷纭。

其次，关于帝尧长相的记载也为数众多，如：

“眉八彩身十尺长得威帅，有智慧又有德少年英才。”[②]（《三圣歌》）；

“眉八彩，须发长七尺二寸，面锐上丰下。”[③]（《竹书纪年》）；

“身修十尺，面锐上丰下，眉八采，参眸子，发长七尺二寸，忧劳瘦臞，形若腊。”[④]（《汉书人表考》）；

“帝尧长……尧舜参牟子。”[⑤]（《荀子·非相篇》）；

“尧眉八采，九窍通洞，而公正无私，一言而万民齐。”[⑥]（《淮南子·修务训》）；

“尧眉八彩，是谓通明；历象日月，璇玑玉衡。”

① 梁玉绳：《汉书人表考》，中华书局，1985，第 24 页。

② 张海杰：《帝尧民间传说故事》（内部资料），第 3 页。

③《竹书纪年》，齐鲁书社，2000，第 43 页。

④ 梁玉绳：《汉书人表考》，中华书局，1985，第 24 页。

⑤ 荀况：《荀子》，引自梁启雄《荀子简释》，中华书局，1983，第 49 页。

⑥ 刘安：《淮南子》，高诱注，北方文艺出版社，2018，第 446 页。

“身侔十尺，丰下兑上，龙颜日角，八彩三眸，鸟庭荷胜，琦表射出。握嘉履翼，窍息洞通。”①（《路史·后纪十》）。

由此，我们可以看出帝尧的外貌特征也异于常人，即身高十尺，长着七尺二寸的须发，脸型是上尖下阔的，眉毛是鲜明的像“八”字形的眉毛，眼睛是“参眸子”，也就是有两个瞳仁，看起来就公正无私。

第三，关于帝尧名号的记载，有放勋、伊尧、后帝、君帝、神宗、赤帝等。如：

“帝尧曰放勋。”②（《尚书·尧典第一》）；

“帝尧者，放勋。”③（《史记·五帝本纪第一》）；

“尧，亦曰伊尧，亦曰后帝，亦曰君帝，亦曰放勋，亦曰神宗，亦曰赤帝。”④（《汉书人表考》）；

“帝尧，陶唐氏，姬姓。”⑤（《路史·后纪十》）；

“曰尧，是曰放勋。”⑥（《路史·后纪十》）；

---

① 罗泌纂《路史》，《钦定四库全书》（影印本）。

② 李学勤主编《十三经注疏·尚书正义》，《十三经注疏》整理委员会整理，北京大学出版社，1999，第25页。

③ 司马迁：《史记》，中华书局，1963，第15页。

④ 梁玉绳：《汉书人表考》，中华书局，1985，第24页。

⑤ 罗泌纂《路史》，《钦定四库全书》（影印本）。

⑥ 同上。

“尧有姓也有名不敢相骗，姓伊祁名放勋号在后连。”[①]（《三圣歌》）。

最后，关于帝尧家庭生活的记载主要包括姑射山与鹿仙女成亲、教育丹朱、娶散宜氏为妻、嫁女等内容。关于巧遇鹿仙女成亲的记载有：

“拜天地在山洞洞房美谈，山峰起亮如烛花烛添彩。两恩爱生有子丹朱为传。”[②]（《三圣歌》）；

“藐姑射之山，有神人居焉。肌肤若冰雪，绰约似处子，不食五谷，吸风餐露，乘云气，御飞龙，而游乎四海之外。”[③]（《庄子·逍遥游》）

关于教育，创造围棋、教育丹朱的记载有：

“无若丹朱傲，惟慢游是好，傲虐是作，罔昼夜额额，罔水行舟，朋淫于家，用殄厥世。”[④]（《尚书 · 益稷第五》）；

---

① 张海杰：《帝尧民间传说故事》（内部资料），第 1 页。
② 张海杰：《帝尧民间传说故事》（内部资料），第 3 页。
③ 庄周：《庄子》，郭象注，《摛藻堂四库全书荟要子部》卷一。
④ 李学勤主编《十三经注疏 · 礼记正义》，《十三经注疏》整理委员会整理，北京大学出版社，1999，第 123 页。

“尧造围棋，丹朱善之。”[①]（《世本·作篇》）；

“初，尧教丹朱棋，以文桑为局，犀象为子。”[②]（《金楼子·卷一》）；

“骜狠媢克，兄弟为阋，嚚讼嫚游而朋淫。帝悲之，为制弈棋，以闲其情。”[③]（《路史·后纪十》）。

“尧娶散宜氏之女曰女皇，生丹朱，又有庶子九人，皆不肖也。”[④]（《帝王世纪》）；

“散宜氏”在《大戴礼记》中又被称为“女皇氏”；关于嫁女与大舜的记载有“尧以二女娥皇、女英妻之。”[⑤]

政治功绩主题

帝尧生活的时代，洪水泛滥，民不聊生。在帝尧领导下洪水有所缓解，使人们生活有了一定的保障，毫无疑问他成了百姓心中的救世主，很多文献中都有记载帝尧治洪水、解干旱、除恶兽等事迹。除此之外，帝尧还不辞辛劳，在政治上做出了定都平阳、保证民主、访问贤人等功绩，使百姓生活安定和谐。

关于帝尧定都平阳记载：

---

① 宋衷注《世本八种》，张澍稡集补注，商务印书馆，1957，第 13 页。

② 萧绎撰《金楼子》，中华书局，1985，第 3 页。

③ 罗泌纂《路史》，《钦定四库全书》（影印本）。

④ 皇甫谧：《帝王世纪》，辽宁教育出版社，1997，第 14 页。

⑤ 皇甫谧：《帝王世纪》，辽宁教育出版社，1997，第 17 页。

"有圣德，封于唐。"[①]（《竹书纪年》）；

"尧舜禹即位皆居冀。"[②]（《竹书纪年》）；

"尧都平阳，於《诗》为唐国。"[③]（《帝王世纪》）；

"尧自唐侯践天子位于平阳。"[④]（《纲鉴易知录》）。

关于帝尧时期洪水、干旱记载的有：

"当尧之时，天下犹未平，洪水横流，泛滥于天下。草木畅茂，禽兽繁殖，五谷不登，禽兽逼人。兽蹄鸟迹之道，交于中国。尧独忧之，举舜而敷治焉。舜使益掌火，益烈山泽而焚之，禽兽逃匿。禹疏九河，瀹济漯，而注诸海；决汝汉，排淮泗，而注之江；然后中国可得而食也。"[⑤]（《孟子·滕文公上》）

"当尧之时，水逆行，泛滥于中国，蛇龙居之。"[⑥]（《孟子·滕文公下》）；

"逮至尧之时，十日并出。焦禾稼，杀草木，而民无所食。"[⑦]（《淮南子·本经训》）；

①《竹书纪年》，齐鲁书社，2000，第 43 页。
②《竹书纪年》，齐鲁书社，2000，第 50 页。
③ 皇甫谧：《帝王世纪》，辽宁教育出版社，1997，第 14 页。
④ 吴承权等辑《纲鉴易知录》，中华书局，1960，第 17 页。
⑤ 孟轲：《孟子》，万丽华、蓝旭译注，中华书局，2007，第 111 页。
⑥ 孟轲：《孟子》，万丽华、蓝旭译注，中华书局，2007，第 137 页。
⑦ 刘安：《淮南子》，高诱注，上海古籍出版社，1989，第 80 页。

“当帝尧之时，洪水滔天，浩浩怀山襄陵，下民其忧。”[①]（《史记·夏本纪第二》）；

“儒者传书言：尧之时，十日并出，万物焦枯。尧上射十日，九日去，一日常出。”[②]（《论衡·感虚篇》）；

“覆船山。尧遭洪水，维舟树下，船因覆焉。”[③]（《太平御览·卷四四·地部九》引《十道录》）；

“济州有浮山。故老相传云：尧时大雨，此浮水上。”[④]（《太平御览·卷七六九·舟部二》引《郡国志》）；

“猰貐、凿齿、九婴、大风、封豨、修蛇皆为民害。尧乃使羿诛凿齿于畴华之野，杀九婴于凶水之上，缴大风于青丘之泽，上射十日而下杀猰貐，断修蛇于洞庭，擒封豨于桑林。”[⑤]（《淮南子·本经训》）。

为了更好地了解民情民意，帝尧创造了新的政治管理形式，实践了朴素的民主政治，他让大臣们在宫殿前设置了名为“诽谤木”和“敢谏鼓”，让平时不敢直接跟长官反映意见的百姓都到这里来留下自己的建议，或者到这里替自己申冤，以此鼓励大家为国家的建设献言献策。

---

① 司马迁：《史记》，中华书局，1963，第 49 页。

② 王充：《论衡》，上海人民出版社，1974，第 73 页。

③ 李昉撰《太平御览》，孙雍长、熊毓兰校点，河北教育出版社，2000，第 390 页。

④ 李昉撰《太平御览》，孙雍长、熊毓兰校点，河北教育出版社，2000，第 200 页。

⑤ 刘安：《淮南子》，高诱注，上海古籍出版社，1989，第 80 页。

“尧立诽谤之木。”[1]（《尸子》）；

“尧有进善之旌。”[2]（《尸子》）；

“故尧置敢谏之鼓。”[3]（《淮南子·主术训》）；

“置敢谏之鼓，天下大和。”[4]（《帝王世纪》）；

“尧立诽谤之木，今之华表也。以横木交柱头，状若花也。形似桔槔，大路交衢悉识焉。”[5]（《古今注》）；

“诽谤木敢谏鼓树立门前……诽谤木今华表天安门前，敢谏鼓演变为击鼓鸣冤。”[6]（《三圣歌》）；

“巡狩行教，勤劳天下，周流五岳。”[7]（《淮南子·主术训》）。

帝尧治理天下数十年后，天下已然昌平和乐，民众安康，但他并未止于此，反而在自己年老的时候，秉持公心，不顾年高，遍访贤才，开辟了天下为公的禅让制，这也是帝尧治理国家的功绩之一，关于这方面的文献记载有：

“尧治天下之民，平海内之政，往见四子藐姑射之山，汾水

① 尸佼：《尸子译注》，汪继培辑，朱海雷撰，上海古籍出版社，2006，第57页。
② 尸佼：《尸子译注》，汪继培辑，朱海雷撰，上海古籍出版社，2006，第57页。
③ 刘安：《淮南子》，高诱注，上海古籍出版社，1989，第99页。
④ 皇甫谧：《帝王世纪》，辽宁教育出版社，1997，第12页。
⑤ 崔豹：《古今注》，中华书局，1985，第22页。
⑥ 张海杰：《帝尧民间传说故事》（内部资料），第3页。
⑦ 刘安：《淮南子》，高诱注，上海古籍出版社，1989，第92页。

之阳，窅然丧其天下焉。”[①]（《庄子·逍遥游》）；

“故古者尧举舜服泽之阳，授之政，天下平。”[②]（《墨子·尚贤》）；

“使其子九男事之，二女女焉，百官牛羊仓廪备，以养舜于畎亩之中，后举而加诸上位。”[③]（《孟子·万章下》）；

“尧还宫，召舜，因禅以天下。舜不辞而受之。”[④]（《列子·仲尼篇》）

“尧以天下让许由，许由逃之。”[⑤]（《韩非子·说林下》）；

“尧……在位七十载，乃求所属天下之统……四岳举舜而荐之尧，尧乃妻以二女，以观其内，任以百官，以观其外。既入大麓，烈风雷雨而不迷……而传天下焉。”[⑥]（《淮南子·卷二十·泰族训》）；

“尧乃求人，更得舜。”[⑦]（《史记·夏本纪第二》）；

“尧立七十年得舜，二十年而老，令舜行天子政。”[⑧]（《史记·五帝本纪第一》）；

“尧使舜入山林川泽，暴风雷雨，舜行不迷。尧以为圣……

---

① 庄周：《庄子》卷一，郭象注，《摛藻堂四库全书荟要子部》卷一。

② 墨翟：《墨子》，毕沅校注，吴旭民校点，上海古籍出版社，2014，第 28 页。

③ 孟轲：《孟子》，万丽华、蓝旭译注，中华书局，2007，第 231 页。

④ 列子：《列子》，张湛注，卢重玄解，殷敬顺、陈景元释文，陈明校点，上海古籍出版社，2014 年，第 125 页。

⑤ 韩非：《韩非子》，岳麓书社，2015，第 69 页。

⑥ 刘安：《淮南子》，高诱注，上海古籍出版社，1989，第 221 页。

⑦ 司马迁：《史记》，中华书局，1963，第 50 页。

⑧ 司马迁：《史记》，崇文书局，2010，第 3 页。

女登帝位。”[1]（《史记·五帝本纪第一》）；

“尧闻贤舜，四岳举之，心知其奇，而未必知其能。故言我其试哉。试之于职，妻以二女，观其夫妇之法……逢烈风疾雨，终不迷惑。尧乃知其圣，授以天下。”[2]（《论衡·正说篇》）；

“尧问其贤，草茅之中，与之语政，至简而易行；与之语道，广大而不穷。于是妻之以皇，媵之以娥，九子事之，而托天下焉。”[3]（《太平御览·卷八一·皇王部六》引《尸子》）；

“尧……甲午征舜，甲寅舜代行天子之事，辛巳崩。年百，在位九十八年。”[4]（《帝王世纪》）；

“尧崩……舜避尧之子于南河之南，天下诸侯朝觐者，不之尧之子而之舜；讼狱者，不之尧之子而之舜；讴歌者，不讴歌尧之子而讴歌舜。”[5]（《孟子·万章上》）；

“尧崩……舜让辟丹朱于南河之南。诸侯觐者不之丹朱而之舜，狱讼者不之丹朱而之舜，讴歌者不讴歌丹朱而讴歌舜。”[6]（《史记·五帝本纪第一》）。

---

① 司马迁：《史记》，崇文书局，2010，第 3 页。

② 王充：《论衡》，上海人民出版社，1974，第 431 页。

③ 李昉撰《太平御览》，孙雍长、熊毓兰校点，河北教育出版社，1994，第 697 页。

④ 皇甫谧：《帝王世纪》，辽宁教育出版社，1997，第 14 页。

⑤ 孟轲：《孟子》，万丽华、蓝旭译注，中华书局，2007，第 206 页。

⑥ 司马迁：《史记》，崇文书局，2010，第 4 页。

农业事功主题

帝尧在位期间，为百姓解决了很多生活难题。文献中关于帝尧在农业方面的贡献主要是创制历法，让人们的农业耕种有时可循，此类记载有：

"乃命羲和,钦若昊天,历象日月星辰,敬授民时。"[①]（《尚书·尧典第一》）；

"乃命羲和,敬顺昊天,数法日月星辰,敬授民时。"[②]（《史记·五帝本纪第一》）；

"命羲和四子羲仲、羲叔、和仲、和叔分掌四岳。"[③]（《帝王世纪》）；

"命羲仲、羲叔、和仲、和叔掌四方。"[④]（《金楼子》）；

"乃命羲、和，绝地天通，羲载上天，黎献下地，俾主阴阳，羲和居卿而致日。立浑仪,钦若昊天,历象日月星辰,敬授人时。"[⑤]（《路史·后纪十》）；

---

① 李学勤主编《十三经注疏·尚书正义》，《十三经注疏》整理委员会整理，北京大学出版社，1999，第 28 页。

② 司马迁：《史记》，中华书局，2007，第 3 页。

③ 皇甫谧：《帝王世纪》，辽宁教育出版社，1997，第 10 页。

④ 萧绎撰《金楼子》，中华书局，1985，第 3 页。

⑤ 罗泌纂《路史》，《钦定四库全书》（影印本）。

"古者蓂荚夹阶而生，月朔日一荚生，至十五日而十五荚，于十六日'一荚落，至月晦荚尽。来月朔'一荚复生。王者南面视荚生落,则知日数多少,不须烦扰案日历以知之也。"[①](《论衡·是应第五十二》)；

"尧时有草夹阶而生。每月朔日生一荚，至月半则生十五荚；至十六日后，日落一荚，至月晦而尽。若月小，余一荚。王者以是占历。唯盛德之君，应和气而生。以为尧瑞，名曰蓂荚，一名历荚，一名瑞草。"[②]（《帝王世纪》）；

"尧为天子,冥荚生于庭,为帝成历。"[③]（《绎史》卷九引《田俅子》）；

"故鸟兽孳尾，希革毨氄咸若，桐梃东厢，蓂生下庭，龟书乃来。"[④]（《路史·后纪十》）；

"即位后察百姓耕种习惯，收不保挨饥饿心似火煎。想方法定计策循规自然，命羲氏派和氏羲和受遣。去海角到天涯东西北南，顺上天取规律测日长短。"[⑤]（《三圣歌》）。

为解决储存粮食的问题，他又率领百姓制造出了简单实用的陶器；为了百姓能果腹蔽体，他划分出种植谷物和桑麻的土地供

---

① 黄晖：《论衡校释》，中华书局，1990，第 754 页。
② 皇甫谧：《帝王世纪》，辽宁教育出版社，1997，第 14 页。
③ 马骕、王利器整理《绎史》，中华书局，2002，第 93 页。
④ 罗泌纂《路史》，《钦定四库全书》（影印本）。
⑤ 张海杰：《帝尧民间传说故事》（内部资料），第 3 页。

百姓使用。文献记载有：

"举舜甽亩，任之天下身休息。得后稷五谷殖。夔为乐正鸟兽服。"[①]（《荀子·成相》）；

"当尧之时，舜为司徒，契为司马，后稷为田畴，夔为乐正，垂为工师，皋陶为大理。"[②]（《说苑·君道》）；

"尧之治天下也，舜为司徒，契为司马，禹为司空，后稷为大田师，奚仲为工。"[③]（《淮南子·齐俗篇》）；

"于是后稷乃列封疆，画畔界，以分土地之宜；辟土殖谷，以用养民；种桑麻，致丝枲，以避形体。"[④]（《新语》）；

"帝尧时这老天灾难不断，先干旱后洪水接连而来。焦禾枯百姓愁民生惨淡，帝尧急心里焦要找水源。见蚂蚁地下出心灵洞现，地上无地下有定有水在。挖地穴出泥土汩汩清泉，民解困百姓救帝尧心安。"[⑤]（《三圣歌》）。

---

①《荀子》引自梁启雄《荀子简释》，中华书局，1983，第 348 页。

②《说苑》引自卢元骏注译《说苑今注今译》，天津古籍出版社，1977，第 12 页。

③ 刘安：《淮南子》，高诱注，上海古籍出版社，1989，第 112 页。

④ 陆贾撰《新语》，庄大钧校点，辽宁教育出版社，1998，第 1 页。

⑤ 张海杰：《帝尧民间传说故事》（内部资料），第 3~4 页。

品德评价主题

中华文化源远流长，帝尧文明以厚德而载物。帝尧品行高尚，又富有智慧，是中国历史上的一代贤君，他的贤德成为历代帝王效仿、崇敬的对象，关于帝尧品德的记载在历史上亦比比皆是。例如：

“百姓昭明，协和万邦，黎民于变时雍。”①(《尚书·尧典第一》)；

“子曰：大哉！尧之为君也，巍巍乎唯天为大，唯尧则之，荡荡乎民无能名焉。巍巍乎其有成功也，焕乎其有文章。”②(《论语·泰伯》)；

“尧有子十人，不与其子而授舜；舜有子九人，不与其子而授禹；至公也。”③(《吕氏春秋·卷一·去私》)；

“人之言君天下者瑶台九累，而尧白屋；黼衣九种，而尧大布；宫中三市，而尧鹑居；珍馐百种，而尧粝饭菜粥；骐骥青龙，而尧素车玄驹。”④(《尸子·君治》)；

“逮至其厚爱，黍稷不二，羹胾不重，饭于土塯，啜于土形。”⑤

---

① 慕平译注《尚书》，中华书局，2009，第 2 页。

② 杨树达：《论语疏证》，上海古籍出版社，1986，第 204 页。

③ 张双棣等译注《吕氏春秋译注》，吉林文史出版社，1987，第 27 页。

④ 尸佼：《尸子》，汪继培辑，上海古籍出版社，1989，第 18 页。

⑤ 墨翟：《墨子》，毕沅校注，吴旭民校点，上海古籍出版社，2014，第 90~91 页。

(《墨子 · 节用》);

“尧之王天下也，茅茨不翦，采椽不斫，粝粢之食，藜藿之羹，冬日麑裘，夏日葛衣，虽监门之服养，不亏于此矣。”[①]（《韩非子·五蠹》）;

“尧治天下政教平，德润洽。”[②]（《淮南子·卷二十·泰族训》）;

“尧立孝慈仁爱，使民如子弟。”[③]（《淮南子 · 修务训》）;

“(尧) 茅茨不翦，采椽不斫。大路不画，越席不缘，大羹不和，粢食不毇。巡狩行教，勤劳天下，周流五岳。”[④]《淮南子·主术篇》;

“黄收纯衣，彤车乘白马。”[⑤]（《史记 · 五帝本纪第一》）;

“居于明堂，斥题不枅，土阶不戚，茅茨不劗，泊如也。”[⑥]（《路史 · 后纪十》）;

“尧存心于天下，加志于穷民。痛万姓之罹罪，忧众生之不遂也。有一民饥则曰，此我饥之也；有一人寒则曰，此我寒之也；一民有罪则曰，此我陷之也。”[⑦]（《说苑 · 君道》）;

“其仁如天，其知如神，救之如日，望之如云。”[⑧]（《史记·五

① 韩非：《韩非子》，岳麓书社，2015 年，第 178 页。
② 刘安：《淮南子》，高诱注，上海古籍出版社，1989，第 221 页。
③ 同上书第 208 页。
④ 同上书第 92 页。
⑤ 司马迁：《史记》，崇文书局，2010，第 2 页。
⑥ 罗泌纂《路史》，《钦定四库全书》（影印本）。
⑦《说苑》引自卢元骏注译《说苑今注今译》，天津古籍出版社，1977，第 6 页。
⑧ 司马迁：《史记》，崇文书局，2010，第 2 页。

帝本纪第一》)；

“帝尧曰：‘吾存心于先古，加意与穷民，痛万姓之罹罪，忧众生之不遂也。’故一民或饥，曰：‘此我饥之也。’一民或寒，曰：此我寒之也。’一民有罪，曰：‘此我陷之也。’”[①](《新书·卷九·修政语上》)；

“尧者，高也，饶也。其言隆兴焕炳，最高明也。”[②](《风俗通义·皇霸》)；

“仁如天，智如神，明如日，而晦如阴。好谋能深，和而不怒，忧而畏祸，快而愉。”[③](《路史·后纪十》)；

“勤劳不居，俭而用礼，不贵时巧，不视文绣，温贩煐羹，不喂不易……不敝不更。……夏葛衣而冬鹿裘。栝柱采椽，为人爱费，不以鹑居。”[④](《路史·后纪十》)；

“又有那尧舜禹史书记载，尧有德舜以孝禹功大传。……唐尧帝昌文明始祖帝范。”[⑤](《三圣歌》)。

经过帝尧励精图治，帝尧统治时期社会平和，百姓安居，老者闲适自得歌于途，儿童无忧唱于道，人们传唱的歌谣中，最负盛名的当属《击壤歌》和《康衢谣》，在史书县志中均有记载：

---

① 贾谊：《新书》，商务印书馆，1937，第96~97页。

② 应劭：《风俗通义》，王利器校注，中华书局，1981，第10页。

③ 罗泌纂《路史》，《钦定四库全书》（影印本）。

④ 同上。

⑤ 张海杰：《帝尧民间传说故事》（内部资料），第3页。

尧治天下五十年……乃微服游于康衢，闻儿童谣曰：“立我蒸民，莫匪尔极，不识不知。顺帝之则。”①（《列子·仲尼篇》）；

“尧时，五十之民击壤于途，观者曰：‘大哉！尧之德也。’击壤者曰：‘吾日出而作，日入而息，凿井而饮，耕田而食，尧何等力！’”②（《论衡·感虚篇》）；

“天下大和，百姓无事，有八十老人击壤于道，观者叹曰：‘大哉！帝之德也。’老人曰：‘吾日出而作，日入而息，凿井而饮，耕田而食，帝何力于我哉！’”③（《帝王世纪》）；

“击壤，野老之戏也。”④（《太平御览·卷七五五·工艺部十二》引《释名》）；

“壤以木为之，前广后锐，长尺四，阔三寸，其形如履。将戏，先侧一壤于地，遥于三四十步，以手中壤敲之，中者为上。”⑤（《太平御览·卷七五五·工艺部十二》引《艺经》）；

“有八十老人击壤（歌）于道。”⑥（《太平御览·卷八十·皇王部五》）。

---

① 列子：《列子》，张湛注，卢重玄解，殷敬顺、陈景元释文，陈明校点，上海古籍出版社，2014，第 125 页。

② 黄晖：《论衡校释》，中华书局，1990，第 245 页。

③ 皇甫谧：《帝王世纪》，辽宁教育出版社，1997，第 13 页。

④ 李昉撰《太平御览》，孙雍长、熊毓兰校点，河北教育出版社，1994，第 87 页。

⑤ 同上。

⑥ 李昉撰《太平御览》，孙雍长、熊毓兰校点，河北教育出版社，1994，第 685 页。

当时，除了百姓安乐，清正和美的社会风气还引来了很多奇珍异兽，有重明鸟、麒麟、凤凰、神龙、萐蒲等，文献记载如下：

“尧在位七十年，有鸾雏岁岁来集，麒麟游于薮泽，枭鸱逃于绝漠。有秖支国献重明之鸟，一名双睛，言双睛在目。状如鸡，鸣似凤，时解落毛羽，肉翮而飞。能搏逐猛兽虎狼，使妖灾群恶不能为害。饴以琼膏。”①（《拾遗记·卷一》）；

“员峤山……有冰蚕，长七寸，黑色，有角有鳞，以霜雪覆之，然后作茧，长一尺，其色五彩，织为文锦，入水不濡，以之投火，经宿不燎。唐尧之世，海人献之，尧以为黼黻。”②（《拾遗记·卷十》）；

“尧为仁君，一日十瑞：宫中刍化为禾，凤凰止于庭，神龙见于宫沼，历草生阶，宫禽五色，鸟化白神，木生莲，萐蒲生厨，景星耀于天，甘露降于地，是为十瑞。”③（《述异记·卷上》）；

“太平之时，屈轶生于庭之末，若草之状，主指佞人。佞人入朝，屈轶庭末以指之，圣王则知佞人所在。”④（《论衡·是应第五十二》）；

---

① 王嘉撰《拾遗记》，萧绮录，齐治平校注，中华书局，1988，卷一。

② 同上。

③ 任昉撰《述异记》，中华书局，1991，第 3 页。

④ 黄晖：《论衡校释》，中华书局，1990，第 756~757 页。

“儒者言蓂脯生于庖厨者，言厨中自生肉脯，薄如蓂形，摇鼓生风，寒凉食物，使之不臰。”[①]（《论衡·是应第五十二》）；

“蓂莆，王者不徵滋味，庖厨不逾深盛，则生于厨。一名倚扇，一名实闾，一名倚蓂。生如莲枝，多叶少根，如丝转而生风，主于饮食清凉，驱杀虫蝇。舜时生于厨，又尧时冬死夏生。”[②]（《太平御览·卷八七三·休征部二》）。

陵冢记载主题

虽然一般认为尧陵位于山西省临汾市东北三十五里的郭村西边，但历史上各类文献关于帝尧埋葬的位置，说法不一，有的记载帝尧埋葬于平阳府城东七十里，有的则记载帝尧埋葬于蛩山之阴，有的记载帝尧葬在山东谷林，还有的文献记载帝尧葬于岳山：

“尧葬于谷林，通树之；舜葬于纪市，不变其肆；禹葬于会稽，不变人徒。”[③]（《吕氏春秋·卷十·安死》）；

“尧葬穀林，穀林即城阳。”[④]（《帝王世纪》）；

“尧葬济阴成阳西北四十里，是为穀林。”[⑤]（《帝王世纪》）；

① 黄晖：《论衡校释》，中华书局，1990，第 752 页。
② 李昉撰《太平御览》，孙雍长、熊毓兰校点，河北教育出版社，1994，第 1032 页。
③ 张双棣等译注《吕氏春秋译注》，吉林文史出版社，1987，第 272 页。
④ 皇甫谧：《帝王世纪》，辽宁教育出版社，1997，第 14 页。
⑤ 同上书，第 15 页。

“葬济阴成阳西北四十里，是为榖林，通树之。”[①]（《路史》）；

“帝尧陵，在临汾县东，又县北有丹朱墓。”[②]（《山西通志·卷五》）

① 罗泌纂《路史》，罗苹注，乔可传校，中华书局，1936，第 122 页。

② 王轩等纂修《山西通志》，刘克文总点校，中华书局，1990，第 4047 页。

（二）古迹景观

关于帝尧的出生、成长、生活地点，历来有湖南省、山东省、河北省、浙江省、山西省等不同说法，且各地均有不少遗迹作为辅证。这不仅说明了帝尧在全国的影响力大，也有利于帝尧信仰和帝尧文化在民众中更好地传播。不过，在各类说法中，有一种说法较为符合史实，获主流认可：帝尧定都平阳，他一生中的生活、政治等活动仍以晋南地区为主要活动区域。

再加上晋南地区的帝尧古迹星罗棋布，数量众多，类型多样，沟、洞、山、水等自然风物与祠堂、寺庙、陵墓及其他人工纪念物相互映衬。它们伴着帝尧的足迹，从古时候走来，历经千年风雨沧桑，保存至今，成为当地帝尧信仰和帝尧文化独一无二的实物载体。同时，帝尧古迹涉及相关人物数量也很多，如：帝尧、其子丹朱、其女娥皇和女英、其臣皋陶、后稷等均有相关风物留存，与他们相关的每一处古迹都足以唤起人们对帝尧时代的情感与记忆，也都以其漫长久远的历史和历久弥坚的力量影响着一代又一代的中华儿女。

值得注意的一点是，在该区域内部，这些古迹分布范围也相对集中，主要以现在的临汾市和运城市为主。本章就带领大家一起到这两个帝尧相关遗迹与景观较为密集和典型的地区来游览，在遗迹中见证帝尧时期的无限光彩，在风物中感受民众对上古圣王的尊敬与爱戴。

尧庙

临汾地处平水的北面，史称“平阳”，据考证，这里曾经是古时候帝尧时期的都城，故也被叫作“尧都”，加上帝尧文化对中华文明的开创与发展影响深远，临汾又被冠以“华夏第一都”的称号。

尧庙是临汾地区现存备受瞩目的帝尧遗迹之一，位于汾河之东的平阳城南，今处于尧都区尧庙村，它历来被奉为祭祀帝尧的圣地，寄寓着后世民众对帝尧深深的敬仰思念之情。实际上，我们今天看到的尧庙并非最初的尧庙。据记载，尧庙的发展经历了两次较大的迁移，相传尧庙开始是建在汾河的西边。汉魏以来，因多次遭遇水患迁移庙址，先是从汾河之西迁移到汾河东岸边的伊村，到了唐代显庆三年时又从伊村迁移到了城南的尧庙村，就是今天尧庙的所在地。

尧庙在其规模与建筑等方面，也是随着时代变迁而不断发生变化的。古时候，虽间有治世，但仍有不少战乱祸事的发生，尧庙在其间受到不小的破坏，加上火灾、大风、地震等自然灾害的影响，尤其清朝时平阳发生了破坏性极强的地震，尧庙宫殿、建筑、壁廊、树木等都损毁不少。但官方和民众无一不对重修尧庙表现出高度的关心，他们充满了热情，多次进行重修、扩建等事宜，至迟到了明、清两代，尧庙已经形成了较为宏大的格局。据记载，尧庙曾一度达到占地面积七百亩的规模，也就是相当于六十五个标准足球场面积之和，庙中又有四百余间房屋，呈现出一派雄伟庄严的气象。

尧庙历代均以帝尧为正祀之神，以供奉帝尧的尧殿为主体建筑，但同时也设有祭祀帝舜的舜殿和祭祀帝禹的禹殿，合祀尧、舜、禹，故而尧庙也有“三圣庙”之名。说到尧庙的祭祀对象，当地还有一个有趣的传说。相传，康熙皇帝曾经亲自来到尧庙，他对殿中供奉的帝尧、帝舜和帝禹都一一表示了自己的崇敬之意，还分别题字“光被四表”“浚哲文明”和“万世永赖”。唯独到了供奉汤王的大殿后，康熙帝面容上现出了极为严肃的神色，没有人知道他在想什么，只见他对着面前的神像，正色道：“国人的先祖尧舜禹均有禅让之德，体恤民生，皆为圣贤，这里唯独你不仅不尊尧舜遗风，不秉尧舜之志，反而动用武力登上帝位，你如何做后世表率？又怎可与先圣共存于此？”此话音一落，那神像仿佛能听懂人言似的，一下子倒在地上，摔得周身碎裂。后来，人们多次试着修补这尊神像，但无论技艺多么高超的工匠，采用多么先进的工具，这神像就是立不起来了。

接下来我们来看尧庙的建筑布局。尧庙整体格局为坐北面南，进入庙宇的山门有三，居中的为尧门，直通广运殿，西侧为虞舜门，直达虞舜殿，东侧为禹门，直通大禹殿，而通往三宫的道路笔直，呈南北走向，纵列分布，后二者分别依殿而名曰“舜道”“禹道”。我们从中间的尧门进入，现在进入正门后映入眼帘的是一块屏风，面南的上书“祖”，面北的上书“根”，寓意帝尧乃中华根祖。眼前的道路正中刻有龙凤图案，随道路直通到广运殿，长约三百米，兼具图腾与吉祥的意义。沿着道路往北走，我们可以看到道路的两侧均放置了帝尧时期的一些陶制及石器的仿制品，徜徉在这些陶器环绕的小道上，古老纯朴的气息扑面而来。在道路的东西两侧均建有碑亭，亭柱上系着红布条，亭中立碑，石碑上是有关尧庙修建的记载。继续往前走，过仪门，顾名思义，这是提醒人们要注意自己的举止是否得体，衣冠是否端正，门上有匾额，上书“文明始祖”。仪门东侧有钟楼，上书“晨钟”，内悬公元 2000 年铸成的中华帝尧钟，游客可亲自撞钟求财祈福；西侧有鼓楼，上书“暮鼓”，因相传帝尧设置“敢谏鼓”，让民众发表意见，所以鼓楼里置有中华帝尧鼓，鼓的两面均由完整的牛皮制成，直径三点一一米，是名副其实的“天下第一鼓”，寄寓的是后世对帝尧时期民主精神的追思之情。

再往北走过棋盘广场是一座明清风格的二层楼阁——五凤楼（原来叫作光天阁），因尧与羲和、后稷、四岳、皋陶四大臣被人们并称“五凤”而得名，相传这里是“五凤”议事的地方。一层是三个砖制门洞，供人通行。二层设回廊，可登高眺远。楼前还竖立着几块古老的修庙碑刻。五凤楼后最引人注目的景观是尧井和四大古柏，尧井居中，“夜笑柏”和“鸣鹿柏”在尧井东侧，“柏抱楸”和“柏抱槐”立于西侧。相传“夜笑柏”是晚上生长，因每年最后一天的夜晚风吹树叶时发出的声音类似人的笑声而得名；“鸣鹿柏”的树枝长得特别像梅花鹿的角，得名于修建寝宫神像时的传说。相传在唐代，众工匠正在尧庙寝宫雕塑帝尧和其夫人的塑像时，突然从外面跑进来一只梅花鹿在这棵古槐树下放声鸣叫，十分欢快。而西侧的两棵树则因树中分别长出楸树枝和槐树枝而得名，每到春季，楸树就长出红色的花儿，掩映在柏树中；每到了夏天，槐树长出白色的花儿，在翠绿的柏树映衬下，槐香的烘托中，这古树更显得美丽。我们再来看尧井，这是为了纪念帝尧教民开凿水井的功绩而建造的。现存的尧井台是仿照元代的建制，井口居于方形井台的正中，上面刻有“尧井”二字，井口前的地面上还刻着“天下第一井”，井台是花岗石材质，四周都有台阶供人上下。这口尧井静默千年，昭示着井的出现对人类文明发展的重大意义。

尧井北面是尧庙的正殿——广运殿，传说这是帝尧上朝议事的处所，“广运”二字取帝尧“广以配天，运以载地”的寓意，彰显帝尧德泽万世。广运殿高二十七米，长四十多米，进深二十多米，上有“尧殿”“共戴尧天”等匾额。殿前左右两侧还各有一根木柱树立于此，纪念帝尧创立“诽谤木”的大功。殿前的月台之上雕刻了蟠龙，长长的龙身盘成圆形，嘴里似衔着一根饱满的麦穗，诉说着古时候农耕文明的发展，其原型来源于陶寺出土的龙盘，故被称为“中华第一龙”。

进入广运殿，最先映入眼帘的是五米之高的帝尧铜像——帝尧双手放于膝上，端坐在古树根之上，方脸长髯，身着朝服，目光洞达，神情庄严。在金灿灿的亮光下，更衬托出帝尧的气度不凡、端庄肃穆，其背后的墙壁上还有不同字体的“尧”字。殿下站立的是四岳等大臣的铜像，羲和与后稷立于铜像东侧，四岳和皋陶站在西侧，他们每人手中所持之物各不相同，也代表着他们分别掌管国家不同的事物。如：四岳左手持签，右手持签筒，表示四岳是掌管占卜之事的大臣；皋陶左手叉腰，右手紧握绳索，一派严肃的风度，表示他负责刑狱诉讼之事；羲和左手做掐指演算状，右手举着观测天象的工具，表示他是负责制定历法的官员；而后稷左手握拳，右臂抱着禾稼，脚上穿着草鞋，表示后稷是教民稼穑，主管农业的官员。广运殿内的这一场景是纪念帝尧上朝议事，为民着想，为天下着想的事绩。再看殿内的其他建筑，这里共有四十二根立柱，柱子下方是石头基座，上面刻有奇花异草、祥兽祥云等图案，柱子上方为木质，刻有龙凤等彩色图案，房顶中央也刻有龙飞凤舞的吉祥图案。

广运殿后为寝宫和祭祖堂，寝宫是供帝尧及其夫人鹿仙女休息的地方，宫内二人塑像并坐于神堂，和颜悦色。祭祖堂内供奉着整整齐齐的木制牌位，这牌位均是尧、舜、禹后代的各姓祖先之位，如：史氏、秦氏、邵氏、龙氏、侯氏、钱氏、万氏、黎氏、刘氏、吴氏、胡氏、赵氏、何氏等，涵盖了千家姓的大部分。牌位前设香案、香炉、跪垫，供海内外华人来此寻根祭祖，了解自己的先祖、姓氏与谱系发展，通过姓氏来触摸千年来血脉的传承流变，相信每位中国人到此地都会油然而生自豪之情。

最后我们来看虞舜殿和大禹殿。虞舜殿高逾十五米，供奉超过三米的帝舜塑像，塑像头顶上方书写着“浚哲文明”，据记载“浚哲文明”是康熙皇帝来尧庙时为帝舜亲题之字。殿内帝舜塑像为坐像，他右手持禾稼、左手抚膝，足穿草鞋。因舜帝治世期间，天下和谐安乐，后世常用“尧天舜日”来形容海内清和，天下太平。大禹殿与虞舜殿高度规格一致，殿内塑像上方书写“万世永赖”，“万世永赖”亦是康熙帝亲题之字。大禹塑像左手撑膝，右手持疏通河流的工具，裤腿挽起，这为民奔走的神色，自然让人想起大禹治理洪水安定天下之功劳。在山门到虞舜殿的舜道西侧、山门到大禹殿的禹道东侧还分别建有南北方向的尧字壁廊（建于 2003 年）和尧典壁廊（建于 2002 年），壁廊与舜道和禹道长度相当，均达三百米，用于表示对帝尧等先祖的纪念。尧字壁刻有一千个“尧”字，每个“尧”字都出自不同人之手，尧字旁边刻着题写人姓名，题写者有的是古时候的名人名家，有的是现代名家。所题之字或古朴，或苍劲，或工整，或简省，虽风格各异，年代不同，但都体现着帝尧在后世人心中无上的地位。尧庙东侧的尧典壁，主要是雕刻着古代有关帝尧、帝舜、帝禹的典籍图册内容及历代重要诗歌、评说等，文字如《尚书》中的《尧典》《舜典》《大禹谟》等。也有各类图画，敢谏之鼓图、九族亲睦图、帝庭黜邪图、冬日隩居图……一幅幅图画生动形象，通俗易懂。尧典壁共由三百八十块碑石组成，规模宏大，供后人瞻仰濡染。

今天的尧庙前还建有一广场，名为尧都广场，广场内的各处景观都书写着帝尧的丰功伟绩。首先，通往尧庙山门的道路左右两侧有石刻二十四节气图，形状像翻开的书本，右页写节气名称，如：大寒、小满、清明等，左页写2002年的节气日期，公历农历均有。还立有日月星辰的时刻，以示帝尧创制历法之功。其次，广场内建有高二十一米的华表，由诽谤木发展而来，代表着帝尧对民主的开创之功。尧都华表雕刻精美，其上刻有蟠龙、祥云等图案，气势磅礴，栩栩如生。第三，尧都广场的西侧为千家姓纪念壁，墙壁刻有一千多个姓氏，也为尧庙增添了根祖文化气息。

除了磅礴大气的尧都尧庙外，在临汾东南的翼城县尧都村也有一座名为“尧庙”的宫殿。当地人讲，在20世纪70年代前，村中有一座庙，庙内供奉着不少神像，但并没有供奉帝尧的塑像，因为对于帝尧来说，这是一座行宫性质的庙宇，村民们也只在农历三月初三的这一天才打开只供帝尧出入的门迎神。现存的翼城尧都村尧庙是近年来重新修建的，帝尧作为主祀之神，同时，从供奉对象上看，除了供奉帝尧外，还供奉关老爷、龙王爷和老君，每位神拥有着不同的神力，可见该庙适应众多民众的不同需求，与民众生活密切相关。

古帝尧陵

帝尧在执政七十年后溘然长逝，他治国期间心忧天下、情系百姓，他的离开也深深牵动着天下臣民的心，那么，哪里才是最适合帝尧安葬的地方？怎样才能让帝尧陵寝更坚固？今天的帝尧陵寝又是怎样的呢？

说到帝尧陵，根据历史文献记载，主要有山西临汾、山东东平、鄄城与菏泽等说法，不可否认，这些场所在历史上都曾进行过帝尧祭祀活动,但在“尧陵到底在哪儿”这一问题上,一般认为，山西临汾是古帝尧陵的所在地。帝尧陵位于距离市中心三十五公里的涝河北岸，行政区划属于现今的郭行乡。关于水土不佳的涝河北侧为何能有一座黄土造就的高大帝尧陵，当地流传着这样的传说：

相传，帝尧逝世后，在众人为帝尧选择陵址之际，长子丹朱回忆起了父王生前与自己的一次谈话，他记得父王亲口对自己诉说心愿：“儿啊，我有一件事情需要你来帮为父完成，当我死后，一定要把我葬在涝河北岸啊，并且要深穴悬棺。”其实，当时的丹朱并不理解帝尧的真正意思，因为丹朱屡次顶撞违逆父王，帝尧怕他在这次选陵址上依旧犯浑，专门不顾帝尧的想法而一意孤行,就特意说了“想要葬在涝河之北”的反话，心里却认为丹朱会故意不听而把自己简单浅葬在风景秀丽的南岸。再看丹朱呢，他念着父亲生前的辛劳，心中很不是滋味，他心想：我一生也没怎么听过父亲的话，这一次，我一定要遵照父王的遗愿,在涝河北边选一处风水宝地安葬父王。就这样，丹朱决定将帝尧葬在涝河北岸。但是，涝河北岸的土质并不是纯净的黄土，而主要由沙、石等构成，显然不是安葬陵寝的理想场所。到了送别帝尧的这一天，大臣们和百姓都悲痛万分，人们目送着帝尧，哭泣声、挽留声、悲叹声……不绝于耳，但无一例外，每个人手中都捧着一抔干干净净的黄土，这是他们从远处带来想要献给帝尧的，却没想到你一捧我一捧，竟堆起了一座高高的陵冢。在这高高的黄土陵冢里，帝尧安息了，但其所折射出的天下民众对帝尧那爱戴、信赖、不舍与赞美之情却后世永流传……

虽然历史上对帝尧陵的具体修建时间并没有明确记载，但据考证，帝尧陵在唐朝时就已成为祭祀帝尧的地点，唐太宗李世民还亲临此地祭拜。此后帝尧陵在元、明、清、近代及现代都得到不同程度的修葺与扩建，是历朝祭祀帝尧的重要场所之一。今天的帝尧陵背靠青山，面临清水，与众多祠庙建筑相互呼应，形成了前殿后陵的格局，屹立于山清水秀的涝河之北，周围古老的松树柏树郁郁葱葱，远远望去，众山之中，更显得尧陵巍峨高大。

现存帝尧陵共占地一万三千五百平方米，其建筑多为明清时期的建筑风格。建筑格局自南向北分别有山门、木制牌坊（或称仪门）、献殿、碑亭、陵冢分布于中轴线上，东西两侧皆有厢房和耳房，最外围有一周围墙，围墙外松柏整齐地排列着，呈现出整齐、规整、紧凑的格局。

其中，山门是阁楼式建筑，山前有台阶，人们登上台阶通过一楼由砖砌成的门洞便可进入帝尧陵。二楼是供唱戏表演之用的场所，东西两侧的厢房也是二层建筑，有楼梯，作看楼使用。继续往北走，是高大的木牌坊，牌坊古老沧桑，是清代所建，牌坊上的“平章百姓”“协和万邦”题字已随岁月流转而显得朦胧，飞翘的四角与下面的层层斗拱结构相得益彰，更显灵动之势。登台阶过牌坊后便来到了献殿，献殿面阔三间，是历代供奉祭祀帝尧的正殿。以前每逢清明时节周边人们都会请戏班，附近村民都纷纷到此进行点烛、上香、磕头、献祭等活动，规模最大时还曾吸引了周边如赵城、浮山等县的许多民众，呈现出一派繁华景象。殿内的墙壁上刻有历代祭祀的图画或记载。

接着是碑亭，献殿通往碑亭的道路需要经过十三级台阶，这台阶也大有玄妙所在。在第七级台阶中间有一个小洞儿，传说在这里可以听到悬棺内的流水声。碑亭中保存的十余通古碑，记录着历代尧陵修建、祭祀情况，记载着帝尧伟大神圣的功业，具有重要的历史文化价值。继续往北走，便是半圆形的帝尧陵丘，高约五十米，周长三百米，规格是现在所见的三皇五帝陵墓之首，世人立于陵前，仰首视瞻，无一不被这雄伟的气势所折服。

是啊，帝尧长逝了，但他却从未离去，他的精神从未离去，他的德行从未离去，也从不会离去。不禁令人感叹：帝尧的德行何止于陵寝的高度？帝尧留给后世的又何止于这一座帝尧陵？他造福后世，恰似太阳光辉万丈长，人们崇拜帝尧，也如同花草树木望雨露。

浮山县尧山

尧山，位于临汾市浮山县的东部，相传，尧山原称为东山，这里山环水绕，树木葱茏，环境优雅，因帝尧避暑到此而得名“尧山”。关于帝尧到此避暑，当地还流传有一个关于“不生覃草”的传说。当年帝尧来到尧山后，每日都要找时间到民众中间去访问视察。有一天，帝尧走在路上，一不小心被路边的覃草划伤了。覃草伤害了伟大的帝王，便不允许再生长，谁知从此之后，在这里再也没有覃草的踪迹了。

而在尧山与尧陵的路上也有不少帝尧的遗迹。如马台村是因为每当帝尧从浮山的尧山返回时，都要在此地上马而得名，下马庄则是因为帝尧回到平阳时要在这里下马。几千年来，帝尧上马、下马的足迹还依稀可见。

伊村茅茨土阶

伊村位于临汾市尧庙镇，相传这里是帝尧的故乡，村名便依据帝尧之姓而得。当地人认为帝尧一生总是以民为先，对自己的吃穿住从来不讲究，他住的房子非常简陋，茅草屋顶、土墙堆砌而已，丝毫没有再多的装饰了。人们为了纪念帝尧简朴爱民的品质，在这里立了一块儿“茅茨土阶”的碑刻，相传汉魏时期就已经有了类似的纪念物。现存的“帝尧茅茨土阶”碑刻修建于明万历年间，位于伊村西边的尧王疙瘩，高大的石碑无声地将帝尧克勤克俭的精神散布四方。

伊村尧王井

伊村还有一口相传为帝尧带领人们共同所修建的水井，称为“尧王井”，这井开掘以来对当地的农业、畜牧业和生活用水都提供了极大便利。尤为神奇的是，这井水无论在多么旱的天气里，都不会枯竭。而且尧王井，井水冷冽可口，当地人认为这水对身体健康有帮助，往往专程赶来挑取尧王井水而不在乎跑多远。

击壤处

康庄村位于临汾城东，村中树立着一块古朴的石碑，上书

"击壤处"，据记载这碑原是清代康熙时所创修，遭到了一定程度的毁坏，现存的则是民国时复制的碑刻。这里在古时候也被称为"康衢"，既是帝尧时期"壤父"击壤而歌的地方，也是《康衢谣》的诞生地。帝尧忧心民众至此，民众亦深深感念帝尧恩德，传颂的《击壤歌》和《康衢谣》歌唱了帝尧时期村民安居乐业的景况，也将帝尧仁德、爱民等精神传唱千年。

绛县尧寓村

运城市绛县历史悠久，有"天下第一县"的美誉。尧寓村就隶属于该县的古绛镇，这里濒临涑水，土肥水美，民风淳朴，当地人认为这里是帝尧从小生活成长的地方，村中的很多地方都保存着众多与帝尧紧密相关的遗迹，是名副其实的"尧王故里"。

尧岭，位于尧寓村南边，由"东尧岭""中尧岭"和"西尧岭"构成，这三部分即是三个大小相似的大型土岭，它们呈现出类似"品"字的特殊布局。村中人认为尧母庆都生产帝尧的地方就在中尧岭半山腰的尧王洞。

尧寓村出土了多块与帝尧相关的古代碑刻。如发掘于 2001 年的"唐尧寓处"古碑，"寓"即为"寄居""居住"的意思，也就是说这里是帝尧生长的地方。石碑上圆下方，右下角已经断开，碑身的宽度、高度和厚度分别为四十八厘米、九十厘米和二十三厘米。碑上文字正面文字已经不可辨认，但背面文字依稀可辨，除了苍劲的四个大字外，还可清晰辨认出“东晋永和二年孟春创立”“大清康熙五十四年重刊,邑庠次贡王民仰书”等内容。可见，这石碑原是晋代碑刻，清代康熙年间在原碑的背面进行了重修，由县学的王民仰书写而成。此外，尧寓村还陆续发现了乾隆时期的“陶唐遗风”石匾,“巍严配天”石匾和明代的“尧寓村创建寨记”石碑,这些明清时期的石匾石碑,加上出土的陶器等文物,都为“尧寓村是尧王故里”更添加了实物依据。

帝尧洗澡石潭，当地人认为这是帝尧小时候与伙伴们一起洗澡的地方，形状类似现在的澡盆，四周都有石头。周围还有帝尧小时候用过的石桌石椅，石桌相传是有一年太白金星下凡见到帝尧和几个孩子，教他们写字的地方，其他孩子写的字都擦掉了，唯独帝尧写的字使再大的劲也擦不掉。石椅处均有石质的扶手和靠背，当帝尧和伙伴们洗澡结束后都会来到石椅处晒晒太阳说说话，这些都是全国其他地方少有的帝尧童年时期的重要遗迹。

尧王泉，位于尧寓村南边的西侧山沟里，也是尧寓村重要的帝尧遗迹之一。当地人传说在尧以前，西侧山沟从来没有泉水，更没有泉眼，甚至这里都不像是能有水的地方。但当帝尧出生的那一天，那里就突然开始冒泉水，一直冒啊冒啊，就形成了水流，直到今天也没有间断过，人们都说尧王泉是老天爷赏赐给帝尧的，便把这泉水命名为“尧王泉”。尧王泉的水干净清洁，富含矿物质，不仅甘甜可口，对人体健康也大有裨益。

几千年来泉水从未干涸，似乎它的水流量几乎不受天气旱涝的影响，更为神奇的是，这水在骄阳似火的夏日时，给人带来凉爽沁人心脾，到了天气严寒的冬季，却不寒冷，而且流出的泉水不结冰。尧王泉也如帝尧般，为这片土地带来了生机与希望，造福着这一方的百姓子民。

因帝尧而名的村庄

此外，在临汾和运城地区有数不清的村落都与帝尧有关。例如临汾市尧都区的刘村镇“马务村”“马站村”皆因为帝尧在此地牧马而得名；“高河村”因帝尧在此治理洪水时将自己的衣服扔在水里后，村庄随水位涨落而升高或下降，免去了洪水灾害而得名；魏村镇“车辐村”因为帝尧女儿娥皇女英路过此地时所乘马车车辐断裂而命名。

洪洞县的“羊獬村”因为帝尧在这里发现了神羊，故而改名；南、北“马驹村”因为娥皇、女英赶赴历山时路过此地母马产驹而得名。翼城县的“尧都村”因为帝尧曾经到此地治理而得名；“天马村”因为相传帝尧在这里遇到了可以预知灾难的神奇天马而得名。

运城市垣曲县的“尧王存”“尧汗村”、前后“尧坪”等地，均与帝尧到历山访贤的传说相关，如“尧汗村”就是因为帝尧一路上没有歇息，乘着快马飞奔到此地，因而出了一身大汗，所以得名；前后“尧坪”则是帝尧牧马的地方。绛县还有相传为帝尧视察时的“尧寺村”以及在视察期间住了一晚的“宿尧村”等。

相关自然景观

值得一提的是，在临汾地区和运城地区还有不少与帝尧相关的自然景观。如临汾姑射山的仙洞沟就是传说中帝尧与美丽的鹿仙女成亲的地方，这里也被赋予“天下第一洞房”的美称，翠林环绕中，洞房中红彤彤一片，交相辉映下更让人感到美好。再如霍州市东边的陶唐峪，这里山清水秀，树木葱郁，是传说中帝尧夏季避暑的地方，山中还建有帝尧的行宫。又如运城的永济市五老峰也与帝尧相关，当地流传着这样的传说：有一年，帝尧带领着诸位臣子一同到五老峰游览，遇到了五老，五老告知大舜将是帝尧的继位者，此后，帝尧便顺承上天的旨意把帝位禅让给了大舜。

综上所述，帝尧遗迹在晋南地区宛若贝壳之于海滩，俯拾即是，但这一处处景观，一个个场所，珍贵而难得，既是民众对帝尧爱戴、敬仰之情的自然流露，有的也是极为重要的帝尧信仰场所，世代在精神、文化认同等方面发挥着重要的作用。同时，这些遗迹景观也为神奇而久远的帝尧传说提供着十分重要的辅证资料，在增加帝尧传说的可信度方面起着不可替代的作用。

四

文化内涵

“致君尧舜上，再使风俗淳”，杜子美在千年前就早已描写出世代民众对仁君治世的无限期盼，毫无疑问，帝尧与其统治时期的社会当属这仁君治世的最高表率。从古至今，人们对尧的信仰崇拜已然形成了一种文化，历来被帝王、诸子、士子等高度赞誉和评价，历史上的帝王也无一不将帝尧视为标杆，加以效仿追崇，帝尧便渐渐成为后世人眼中贤君圣王的文化符号。帝尧还是中华文明的始祖，在农业文明方面，帝尧与大臣们共同观测太阳与时序变化，创制出适用于农耕生产的历法，他又发明水井为民解决干旱困扰，极大地促进了农耕文明的发展；在政治方面，帝尧能够协和万邦，将分散的各部落统一起来，为华夏统一迈出了划时代的一步。可以说，帝尧时期开启了华夏文明的新纪元。

那么，灿烂夺目的帝尧文化都有哪些深厚的精神内涵呢？它对中华文明的发展进程起着怎样重要的影响呢？帝尧文化与现今社会又会擦出怎样的火花？让我们从帝尧传说入手，共同解读帝尧文化的深厚内涵吧！

（一）精神文化内核

和谐精神

和谐精神是帝尧文化的核心内涵，这里的“和谐”更多地倾向于社会层面的一种安定平和。从天下治理方面来看，虽然严格意义上讲，帝尧并不属于国家的统治者，但帝尧能够将远近部落的关系协调理顺，最终做到“协和万邦”，成为统一的部落联盟首领，统一了当时社会的各个小部落，建立起了中国第一个统一的方国，极大地推进了中华政治文明的前进。也正是在帝尧时期，形成了我们现在所熟知的“中国”概念，也就是以尧都为中心的中原地区。

除了最重要的社会层面的和谐精神，帝尧文化也体现出家庭层面的和谐精神。在娥皇女英二女争大小的传说中尧王三次为女儿们出题，考验娥皇女英在外辅佐君王、在内操持家务的能力，秉着公平公正的原则，在尧王的教导下，二女最终和谐相处。自古以来，和谐就是中国最重要的家风观念，尧的教育观念，也为后世和睦的家庭观提供了重要的借鉴。

民生精神

“厚生爱民”意识在中国古代的神话传说中得到了淋漓尽致的演绎。在本书所收集的各类帝尧传说中，都体现出帝尧强烈的民生精神。在他心中，民为根本，民为首要，民为关键，他的一生都在践行以民为先的理念。

例如，在帝尧姑射山降服黑龙、派后羿铲除“六害”、在郭行村与女妖斗智斗勇、在尧都村平乱等为民除害的传说中，帝尧面对危险，总是奋不顾身地与之斗争。他想尽各种办法，都只有一个目的，那就是保全百姓苍生，不让民众受到伤害。

再如，上古时期，人对自然的理解还处于蒙昧阶段，自然环境的恶劣给人们的生产生活，甚至人身安全带来了极大的威胁，发生自然灾害时民众都处于受害的一方。而帝尧面对自然灾害，为解决人们的困难，劳心劳力。传说中洪水来临时，他或是带人治水，或是将自己的衣袍扔在河中，让村庄随河水涨落而升降，又或是吐出自己体内的宝珠来保护一方安全；十日并出，天下大旱之际，帝尧又命令后羿搭箭射日，自己还苦思冥想寻求取水路径，终于发明了水井，既满足了人们的日常用水，也让农田有了浇灌，在保障庄稼收成方面也起到了积极作用。

又如，帝尧发明创造的相关传说也体现着极为丰富的民生精神，我们来看有关帝尧发明创造的传说：帝尧造水井、制陶（砂锅）、创制历法、发明威风锣鼓、发现韭黄等，无一不是以民众的需要为出发点，发明水井来源于解决干旱时百姓吃水问题；发明制陶方法源于当时百姓所制的粗陶易碎，不易保存食物；创制历法来源于看到百姓不懂时序，不能按时播种、耕田，导致收成不佳，甚至颗粒无收的情况；威风锣鼓的发明则是源于对历山访贤时大舜身上体现出的仁民爱物精神的赞扬，发明锣鼓用以教导民众，调和社会风气；就连日常吃食韭黄的发现，也是帝尧与人们在地里共同劳作时发现的。

正是由于帝尧心怀百姓，才有了天下民众安居无忧，才有了后世民众瞻云就日、尧天舜日的太平盛世。

任人唯贤精神

帝尧的任人唯贤精神主要体现在其政治传说中。首先，体现在帝尧选取官员时的标准，他能够依据每位大臣的才能给予不同的职责。例如，公正严明的皋陶负责刑狱。善于稼穑的后稷掌管农耕，教民种植技艺。任命熟识天文的羲和观测太阳，制定历法等。

其次，帝尧任人唯贤的精神还体现在他对继位者品质的要求上。当帝尧年纪渐长，感觉需要寻找继任者之时，他先是征求了众人的意见，有人当场推举帝尧的长子丹朱为首领，帝尧考虑到丹朱平日里放荡桀骜，绝不是天下贤明的人而拒绝了这个提议。又有人提出共工可以，帝尧认真思索后，明确提出共工表面顺从，内心却不一定是那样。经过一番讨论后，还是没有确定谁可担任下一任首领，帝尧决定亲自去访问治国贤才。

再次，帝尧不顾自己年老且道路艰远，多次亲身访贤的传说中也体现出深刻的任人唯贤精神。帝尧访贤类传说中帝尧从平阳出发，先后到过洪洞、垣曲、绛县、历山等地，拜访过巢父、许由、蒲伊、大舜等人，一次次访贤，有时翻山，有时越岭，有时过沟渠，有时劈荆棘，甚至亲自开辟了帝尧古道，沿用至今。帝尧历经重重困难，多方奔走寻访，多次考察探访，才终于确认了大舜为合格的帝位继任者。

民主精神

帝尧的相关政治传说中也蕴含着深刻的民主精神，从帝尧访贤、“诽谤木”的由来、“敢谏鼓”的由来等传说中，我们可以看出，帝尧的民主精神贯穿于帝尧政治生活的始终。具体则从以下几方面表现出来：其一表现为他以天下为己任，却从未将天下当作是自己的私有物，反而年老时坚持要寻求圣贤之人接管天下；其二表现为帝尧首开禅让之风，他秉承揖让之德，将帝位禅让给大舜，开启了禅让制的先河，今天的临汾市尧都区鼓楼的前身相传是“揖让台”，也就是帝尧当年进行禅让的地方;其三表现为他为了广开言路,发明了“诽谤木”与“敢谏鼓”，供民众说出自己心中对国家的意见，能够将民情民意及时收集起来，使得政治风气为之一新，时至今日，这象征政治民主的“诽谤木”已发展成为雕刻精美的华表，它的屹立象征着帝尧时期的民主精神在后世不断得到认可与追崇。由此,我们可以看出，帝尧时期是中华民主政治的源头，这“民主”之河，源远流长，在今天更加生机勃勃。

勤政精神

帝尧传说中所体现的勤政精神也是帝尧文化中浓墨重彩的一笔。在晋南地区流传着这样的一个传说：相传帝尧本来有三百年的寿命，因为他每天都在为国为民勤劳工作着，导致他的寿命减少了很多，最终只活了一百一十八年就离开了人世。这一传说能很直观地看出帝尧的勤政爱民意识。

再如帝尧教子的传说中，人们认为丹朱性情古怪，喜欢享乐也是因为帝尧疏于管教，那么帝尧为什么会无暇管教自己的大儿子呢？传说中给了答案：正是因为帝尧整天都在考虑家国大事，忧心国计民生，才没有顾得上对孩子的教育。

帝尧为了了解一些政治方案是否能改善百姓生活，为了解决人们最关心的问题，他还经常巡行天下，比如尧寺村、宿尧村、马务村、尧王疙瘩等都是帝尧巡行时留下的足迹;而浮山、高河桥、翼城尧都村等地还诉说着帝尧亲自治水除害的政绩。

俭朴品质也在帝尧传说中得到体现。传说在帝尧时期，帝尧从不在自己的吃、穿、住、用上讲究，他在夏天只穿麻布的衣服，在冬天只披一件鹿皮衣就过冬了，吃的饭食永远是不经细磨的粗粮和当季的野菜，菜中也不放什么调味品，有时还喝野菜制成的汤，住的房屋更是简陋，屋顶是未经修葺的层层茅草，四周的围墙是垒砌的土块，再看帝尧乘坐的车子，是“素车”，也就是从来都不描彩。有人看帝尧的生活太过简朴而提出他应当适当改变，帝尧便语重心长地说:“天下要是还有一个人吃不饱，那我吃饱有什么用?天下假如还有一个民众受寒冷的折磨，那么我穿得再多再好也不会感觉到暖和。天下要是有一个人犯罪，那都是怪我啊!”人们亲眼见了帝尧的俭朴生活，又亲耳听到了帝尧心中所忧，对帝尧的爱戴、敬仰之情更上一层，献上重明鸟、帝尧拒礼、华封三祝等传说就体现出百姓对帝尧无以复加的尊敬、拥护之情。

创新精神

尧王传说体现着丰富的创新精神，上古时期，百姓靠天吃饭，土地是人们生活的主要来源。但是在那时，除了受到自然灾害的影响，人们对于天文历法的认识也处于空白状态，所以尧王在观察研究了自然的运行规律之后，创建了历法，确定了一年中的春夏秋冬四季以及年月的天数，无疑，这个创新对当时的农业生产生活提供了巨大的便利，人们的耕种时间也有了参考。

尧王的创新精神还体现在他不受现实条件的约束，敢于突破现实，寻找新的出路。例如，他通过观察蚂蚁向地下爬行，而想到了地下水的存在，从而产生了中国历史上的第一口井（即我们现在所说的尧井）。这一发现解决了以前人们的储水问题，推动了生活上和农业上的进步。正是有着惊人的创新能力，所以在帝尧统治下的社会，才呈现一片祥和的氛围。

（二）帝尧传说与帝尧文化的当代价值

一则则传说故事，说不尽帝尧创造的丰功伟绩，诉不完帝尧所具备的崇高德行；一次次祭祀活动，表不尽民众对伟大帝王的追思之情，道不完几千年中华根祖之情；一场场庙会盛事，数不尽帝尧文化的传承发展，献不完后世对帝尧的感激之意；一处处遗迹景观，展不尽帝尧为民奔走的坚实足迹，演不完源远流长的帝尧文化。

帝尧文化深深地体现在他高尚的人格、无上的德行和对百姓的爱护中，即使时光流转千年，帝尧精神依然充满活力，被华夏民族代代传承。在新世纪快速发展的今天，帝尧文化更应当作治国理政的不朽榜样而学习，其所蕴含的帝尧精神更应该作为我们每一位中华子孙为人处事的准则被遵循。

从国家层面来看，二十一世纪的新中国，正走在复兴的路上，未来，中国实现现代化还有很远很长的路要走。一方面，从改革开放到“三个代表”重要思想，从社会主义荣辱观到中国梦，我们的国家始终在追求着以德治国，追求着和谐安定。正如习近平总书记在阅兵式上所说的那样，“正义必胜，和平必胜，人民必胜”，是啊，一切为了人民，不是虚言。另一方面，新世纪的领导人在治国上秉承着帝尧精神，无时无刻不在为百姓着想。国家要和谐，民生是关键，各届领导人在民生问题上都有重大举措。今天，我们的国家依旧重视农业生产，对农民实行了许多优惠政策，在帝尧精神的影响下，我们民族走向复兴的道路必将充满新的动力，国家走向富强的脚步也必将越发坚定。

从地方层面来看，帝尧传说是非常珍贵的地方口头文献资料，是我们了解上古时期社会面貌的重要途径，是当代人理解祖先文化的一把钥匙。尧王作为中国第一个方国的统治者，无论在方针政策的制定还是管理方国的方法上都有很强的借鉴性。首先，通过帝尧传说可以认识上古社会，一探上古历史风貌。如“迁居羊獬”这一传说情节中，叙述了羊獬村地名的由来，并涉及了有关的历史人物和事件，而且羊獬村的名字也沿用至今，使当地人更具有民族归属感和作为尧王后人的历史使命感。由此可见，反映历史事件及地名由来的帝尧传说可以提供补充历史的有效资料，为我们研究当地社会发展提供强有力的佐证。其次，通过帝尧传说可以感受到当时的民风民俗，从中窥见古人对生活的理解和态度，从而反思当今社会生活中人们的生存状况。最后，帝尧创制历法、观蚁造井的传说情节也可以让我们认识上古的科学，了解社会发展状况，培养创新精神。

从个人层面来看，帝尧文化中所包含的和谐精神、勤政精神等对个人的成长与发展亦有很大帮助，例如，和谐精神对每个人的为人处世有很大影响，它处理的是社会中人与人的关系，它关系到一个人能否与社会的其他个体友好相处，甚至关系到整个社会的风气。通过了解帝尧传说，可以认识人生，感悟真善美。能流传至今且为广大人民所熟知的帝尧传说是经历了时间的锤炼，且乐于被人们传颂的，人民群众的爱憎情感，对真善美的赞扬和对假恶丑的鞭挞溢于字里行间。帝尧传说体现了尧王的勤政爱民、富于民主、和谐的精神，从民众的讲述中可见民众对于美好品格的向往，从而也会激发听者努力以帝尧为榜样，建立自身的生活观念。帝尧传说也寄寓了民众对美好生活的向往与期待，是人们乐观向上、勤劳生活的最好体现。帝尧传说、相关习俗、信仰活动等等，都在诉说着和谐的重要性，都在提醒着我们应当时刻注重和谐，这样每个人才能有更多的幸福感，才能创造更加融洽、美好的和谐社会。综上所述，帝尧文化在今天依然应当得到应有的重视。

至此，本书对帝尧传说的研究告一段落。本书首先对帝尧传说故事文本进行了搜集和整理，其中包括帝尧成长与家室、功绩、相关地方风物等传说，并以更加生动的语言向读者娓娓道来。其次，还对帝尧民间信仰做了梳理，分析了民众对帝尧信仰的深刻内涵，并带领读者在丰富多彩的信仰活动与日常习俗中加深对帝尧信仰的体会。第三，搜集整理了有关帝尧的文献资料，对涉及帝尧内容的文献做了摘录，同时亦对帝尧的古迹景观做了介绍与解析。最后，本书通过对帝尧传说的文化内涵的剖析与阐释，与读者一起从口口相传的传说中、从随处可见的遗迹中感悟帝尧文化的独特魅力，传承帝尧精神。此外，还叙述了帝尧传说与帝尧文化在当代的重要价值，以期能更好地为建设和谐社会贡献力量。

毋庸置疑，帝尧传说感染着每一位华夏人的内心世界，帝尧信仰充实着每一位华夏人的精神世界，帝尧文化也哺育着一代又一代的华夏子民，正是因为帝尧的和谐精神、民生精神、任人唯贤精神、民主精神和勤政精神，千年之前的上古帝尧时期才得以安定平和，出现太平盛世。也正是因为帝尧文化所融汇的不朽精神，千年之后的中华民族才有了更加强大的凝聚力，才有了世代不竭的和谐之源。为此，我们每位华夏人有责任将帝尧文化传承下去。唯有如此，根祖精神方能代代绵延，时品时新；唯有如此，当今社会方能更加和谐，亲善亲睦；唯有如此，陶唐遗风方能继续泽被后世，尽善尽美。

参考文献

著 作

1. 杨树达 . 论语疏证 [M]. 上海 : 上海古籍出版社，1986.

2. 黄晖 . 论衡校释 [M]. 北京 : 中华书局，1990.

3.《十三经注疏》整理委员会整理，李学勤主编 . 十三经注疏・尚书正义 [M]. 北京 : 北京大学出版社，1999.

4. 尸佼著，汪继培辑，黄曙辉点校 . 尸子 [M]. 上海 : 华东师范大学出版社，2009.

5. 高树德 . 尧庙 [M]. 尧都根祖文化研究委员会，2003.（内部资料）

6. 高树德 . 中华之根祖 [M]. 北京 : 作家出版社，2008.

7. 赵大勇，赵随意 . 尧都平阳与尧舜禹 [M]. 太原 : 山西古籍出版社，1993.

8. 石青柏 . 帝尧与平阳 [M]. 临汾市尧文化研究开发委员会，1997.

9. 袁珂 . 古神话释选 [M]. 北京：人民文学出版社，1996.

10. 乔忠延 . 漫话帝尧 [M]. 北京：中国文联出版社，2008.

11. 袁珂，周明 . 中国神话资料萃编 [M]. 成都：四川省社会科学院出版社，1985.

12. 陈连山 . 中国神话传说 [M]. 北京：五洲传播出版社，2008.

13. 张海杰 . 帝尧民间传说故事 [M].（内部资料）

期刊论文

1. 田洁 . 晋南帝尧祭祀仪式研究 [J]. 晋中学院学报,2011(2).

2. 张晨霞 . 帝尧研究：从帝王圣人到神话传说 [J]. 临沂大学学报，2012（4）.

3. 张晨霞 . 论帝尧歌“击壤”的现代民俗意味 [J]. 临沂大学学报，2012（2）.

4. 张晨霞 . 帝尧传说：文化景观与地域认同——晋南地方政府的景观生产路径之考察 [J]. 文化遗产，2013（1）.